松韵堂诗词

董宴 文怀沙

周逢俊 著

中国书籍出版社
China Book Press

图书在版编目（CIP）数据

松韵堂诗词 / 周逢俊著. -- 北京：中国书籍出版社, 2023.6

ISBN 978-7-5068-9437-1

Ⅰ.①松… Ⅱ.①周… Ⅲ.①诗词—作品集—中国—当代 Ⅳ.①I227

中国国家版本馆CIP数据核字(2023)第102272号

松韵堂诗词

周逢俊　著

责任编辑	宋　然
责任印制	孙马飞　马　芝
封面设计	东方美迪
出版发行	中国书籍出版社
地　　址	北京市丰台区三路居路 97 号（邮编：100073）
电　　话	（010）52257143（总编室）　（010）52257140（发行部）
电子邮箱	eo@chinabp.com.cn
经　　销	全国新华书店
印　　刷	北京睿和名扬印刷有限公司
开　　本	787毫米×1092毫米　1/16
字　　数	203千字
印　　张	17.25
版　　次	2023 年 6 月第 1 版
印　　次	2023 年 6 月第 1 次印刷
书　　号	ISBN 978-7-5068-9437-1
定　　价	89.00 元

版权所有　翻印必究

国家画院原副院长曾来德书周逢俊题巨幅《黄山西海》

黔山秀接万峰青，帝子炉烟绕锦屏。岁像峥嵘横鸟道，时光冷立挂狼星。登心不估天酬价，入梦无量胆作翎。敢有南巢西海客，一怀真意蹈苍溟。

北京诗词学会副会长赵安民（师之）书自作词《风入松·初访松韵堂》

黄山何物最惊眸？劲影立峰头。引来多少丹青客，频招手，云海浮游。好客扬名中外，奇姿入画雄道。

宋庄何处最风流？松韵满堂稠。主人新画邀新客，家山梦，诗意乡愁。万水千山深秀，高怀逸兴清幽。

周逢俊 《石板岩秋色》 2022年 180cm×97cm

序

蔡世平

我是从周逢俊先生的绘画进入周逢俊这个人及其诗歌艺术的。

先前不识周逢俊。2017年7月里的一天，不记得是韦树定兄、师之兄还是初仁公，邀请我参加宋庄"松韵堂"召开的周逢俊诗词集《松韵堂吟草》发行暨作品分享会。我如约赴会，即被周氏满墙满壁的绘画作品深深吸引。作品表现形式为两大类，一类是我十分喜爱的以虎豹皮颜色为主色调的大幅山水画，山峰林立挺拔，花木葱茏恣意，作品柔媚而刚劲，仪态万方，英气逼人；另一类是以青灰色为主色调的老树石壁巨幅，以及花草虫鱼清供小品，皆抖擞精神，豪迈多姿，意兴盎然，尽显文人风致。我想这是一个传统功力深厚，技法老到，有鲜明艺术个性、独特想法、精神高度的画家。

也就是这次聚会才知道周逢俊是以画名世的当代诗人。

后来因为彼此离得近，他住通州宋庄，我住通州北苑，有姜白石"邻里相过不寂寥"之意趣；还因为年龄、艺味相仿佛，就有了一块喝酒聊天的时候，聊的多是文字与诗歌，当然还有人生世象之一凉一热，一咸一淡。

与周逢俊聊天喝酒是一件愉快的事情。周逢俊是那种把人和艺术统一到了一块的人，这样的人自是值得信赖的。周逢俊快人快语，坦诚相见，不设防，不像某些人总是把自己包裹得严严实实，欲言又止，欲说还休，神秘兮兮，弄得世界像一道哥德巴赫猜想题。再后来周逢俊执意要我为他即将出版的第二本诗集《松韵堂诗词》写点文字。没办法，只能遵命。

周逢俊是把文字，确切地说，是把诗词看得与画同等重要的艺术家。我与艺界交往有限，当代国画家朋友中，一个是中央美术学院教授、博导、国画院院长陈平，画好诗亦好；再一个就是周逢俊，画好诗亦好。两位名画家又是极为勤奋的高产诗人。看着他们写诗的状态（准确地说是"憨态"），频频拿出的诗歌作品，几令我汗颜。

诗画同源是中国艺术的一个伟大传统，既是技法笔墨的"同"，更是文化根柢的"同"，思想认知的"同"，还是画面造型的"同"。画面题写诗文，是中国画的重要形式与内容。画因文思，亦因文造。如果没有曹植的《洛神赋》，顾恺之不可能创作出旷世名画《洛神赋图》。宋书法四家"苏黄米蔡"的标签也不是随便贴的，不能不受到"大诗人"苏东坡、黄庭坚名头的影响。清郑板桥画竹的影响力，有一小半怕是来自他的诗句"衙斋卧听萧萧竹，疑是民间疾苦声"。

古人对文字看得重，所谓"经国之大业，不朽之盛事"。古时的画家一般都是文人、诗人。我对此没有研究，感觉他们首先是作为文人、诗人，然后再成为画人。遗憾的是，有一个相当长的时期中国的这个传统被丢掉了。当代不少很有天赋和成就的国画家，因为诗歌的缺席而在一定程度上受到影响，多少有些遗憾。齐白石的声誉固然因为其画好，但不得不说他的诗好亦为其画固得文学根基，比如题画"蛙声十里出山泉"，就为画幅大为增色。齐白石因而获得文学艺术界与大众社会的广泛认同。

周逢俊诗词兼善，这在当代中国画画家中十分难得。

唐宋以来逐渐规范成型的格律诗词，因其对汉语言文字上天入地、无所不及、无所不能的绝对完美的表达与运用，成为千百年来中国文学的重要形式之一，也成为中国读书人的最爱。在中国看一个人的文化修养如何，读他一两句诗，看他写两个字就大体知道了。

诗词讲究的是温柔敦厚，气格高古，韵味绵长，这些周逢俊做到了。任意读他的一首诗词作品，都能感觉后面贴着的是中国文化的大背景，胸前袒露的是中国文人的大情怀。文字从肺腑中化出，声色都在，如击石扬波，震荡读者。

开篇《致栗老》："……惜数流年营旧绪，勤争来日著新知。身腰肯断不须折，峻拔如山一冷眉。"写栗老也是写自己，可以看作周逢俊的诗词宣言，也是其诗歌创作基调。《答友人》慷慨人生，直抒胸臆："平生自在是精神，敢向言行讨本真……寻常更不做庸人。"不做庸人，不造庸画，不做庸诗，这就是画家兼诗家周逢俊！有了这样的为人底色，笔墨精神，作品不好也难。

诗人外出绘画写生的时候多，太行山是不能不去的。时令已是秋天，人生也到了秋季，就有了七律《赴晋途中作》：

> 北上秋风入夜凉，苍山域外旅人伤。
> 愁深散处愁心筑，梦远归期梦路长。
> 草色霜前难止步，鸿鸣月下肯思乡。
> 初心负岁羞言老，野径黄花万里香。

宏村门坊高筑，雕梁画栋，街巷纵横，府邸声名远扬，为民国初财政部部长汪大燮之私宅，词人有《江城子·宏村》：

> 秋光冷艳照乡关。绕回川，复幽山。画屏十里，楼阁隔清澜。半树萧萧零落处，红叶雨，独凭栏。
> 雕门府第越千年。耸檐间，过云烟。兴衰往复，谁在叹秋残。小巷忧深难解意，循古道，问阑珊。

上述一诗一词，皆蕴藉典雅，文字由变化见诗心，承唐风宋韵，悲苍生之艰，发兴衰之叹，感慨尤深。从上引诗词作品中，也就大体能判断周逢俊的诗词水准已在当下诗歌创作的平均线之上。

对于一个成熟的诗词创作者来说，条分缕析其诗歌技艺是多余的。当下诗词创作病在为艺术而艺术，不是艺术手法不行，而是太行。一提诗词艺术就是什么真情啦，意境啦，起承转合啦，匠心独运啦，等等，把一个好端端的艺术创造弄成了制砖打眼的技术活儿。要知道技法是修修补补的东西，撑得了台面，但撑不起艺术的天空。诗歌不在繁华处，而在杜甫行过的那条崎岖山道上。至少，今天的诗歌需要增加一些钙质，才不会使远行者腿脚乏力。

作为20世纪50年代生人，周逢俊老而弥坚，诗歌笔力不轻。《与故人晤》写两位村中老人久别相逢（一位应是作者自己吧），乡间旧事难以自抑，是"颜衰未减家园累"。辛劳了一辈子，白首衰颜，还不是要让日子过得好一些，可家园仍是这么的"累"啊！对此是"无言两自禁喉骨，一叹声凄全是愁"。此刻唯有咽声，唯有叹息。只有亲历者、过来人才有如此沉痛之语。一个"累"字，当得上万语千言，如石头砸地，震耳惊心。

《与乡友忆往事》又是一首不忍卒读的作品。童年本应是欢乐的、无忧无虑的，可是"忆儿时"便做"噩梦"。为何？因"空村饿殍横荒骨，野庙愁狐绕乱茔"，因"蔓草和花添灶火，飞虫带翅入锅烹"。

诗人闲时与小孙子周天天在路旁采摘一种叫作"藜藿"的野菜。触景伤情，忆及自己六岁即尽识山中可食之物，视野菜为救命"恩菜"，不禁悲从中来，成七律《藜藿吟》："杂与芜蒿野地头，曾怜末日解娘愁。檀梢未嫩和汤煮，榆叶还苍拌粉揉……山皮啃尽无余食，百里空村落叶秋。"山皮啃尽，落叶空秋，人何以堪。

写苦难不是咀嚼苦难，欣赏苦难，而是不忘苦难，远离苦难。今天国家发展经济，振兴乡村，建设小康社会，就是要让全民族珍惜生活，过上衣食无忧、欢乐太平的好日子。

作为画人的周逢俊通过野外写生写下了大量自然山水、古老村落、民风民俗作品和域外游历作品，热情讴歌山水风光和人类文明，同时诗画互惠，美美互鉴，互为增益。周逢俊对不良世风也进行了有力鞭答，凸显了诗人的在场与立场。

任何时代知识分子都是一个需要十分吝啬使用的词。不是什么读了几句书、上了什么名牌大学的人就可以称为知识分子的。知识分子的"知"，当然是要有文化、有学问，知道的东西多，但这只是其中的一方面。知识分子的另一方面重在一个"识"字，是要分得清是非，辨识得真伪，有识见、有操守、有担当，不苟且偷安，不为一己之私而放弃原则，从他身上可以看到民族的未来与希望。当然能够够得上完全意义的知识分子在人群中怕也是极少的，但是具有知识分子精神向度应当成为文明社会文化人的价值取向、基本追求。在我看来，周逢俊是可以称得上具有知识分子精神向度的诗歌写作。这是周逢俊诗歌的重要价值。

周逢俊是安徽人。安徽居于我国南北之中，文化沉淀深厚，世代文人辈出。地域造人，周逢俊的绘画与诗歌兼具北人之豪与南人之秀。天分与勤奋助力之，时代与生活厚爱之，绘画名家周逢俊成为诗词名家周逢俊是大可值得期待的。

2023年5月15日于北京

（作者系中华诗词研究院原常务副院长，著名词人）

目 录

序（蔡世平）……………………………………………… 1

致栗老……………………………………………………… 1
参观联合国大厦…………………………………………… 1
赴晋途中作………………………………………………… 2
观永乐宫壁画……………………………………………… 2
题《月下樱花图》………………………………………… 3
太极堂会晤觉公题………………………………………… 3
《诗词家》四周年雅集迎春会即题并诵………………… 4
立春随感…………………………………………………… 4
二月二寄乡亲……………………………………………… 5
清　明……………………………………………………… 5
故园吟……………………………………………………… 6
与诸旧友重游敬亭山……………………………………… 6
登谢朓楼…………………………………………………… 9
游布达拉宫题……………………………………………… 9
观沧海……………………………………………………… 10
暮春吟……………………………………………………… 10
游浮来山兼访刘勰著书处………………………………… 11

西藏行 ·· 11

雅鲁藏布大峡谷游感 ································ 12

观大型史诗剧《文成公主》 ······················ 12

端午吟 ·· 13

月夜吟 ·· 13

周天天三周岁戏题 ·································· 14

盘山行 ·· 14

渔阳怀古 ··· 15

与故人晤 ··· 15

《松韵堂吟草》出版发行感怀 ···················· 16

暮登狼山

——兼谒骆宾王墓 ··························· 16

读柳宗元《饶娥碑》有感

——应诗人饶惠熙兄嘱题 ················ 17

重　阳 ·· 17

中　秋 ·· 18

重游旧王府忆住地下室旅馆 ····················· 18

与诸乡贤欢宴酒边题赠 ··························· 19

露台与故友饯别题赠 ······························ 20

夜过武陵源 ··· 21

游张家界再题 ·· 21

游朱砂古镇应友人嘱题 ··························· 22

访阳明洞 …………………………………………………… 22

谒国立西南联大旧址题感 ………………………………… 23

傣族园即兴题 ……………………………………………… 24

大理古城夜吟 ……………………………………………… 24

与乡友忆往事 ……………………………………………… 25

悼余光中先生 ……………………………………………… 25

硇洲登古灯塔 ……………………………………………… 26

《诗词家》戊戌祝东风雅集 ……………………………… 26

观月全食 …………………………………………………… 27

谒梁任公墓 ………………………………………………… 27

戊戌二月二诗家雅集即题 ………………………………… 28

新安江春咏 ………………………………………………… 28

应张桂兴先生嘱题仓颉颂 ………………………………… 29

故园即景 …………………………………………………… 29

访水东古镇 ………………………………………………… 30

游临易遗址 ………………………………………………… 30

闻周扬波赴欧参加艺术交流展题嘱 ……………………… 31

游南山观露天大佛口占 …………………………………… 32

观龙舟赛思屈子有感 ……………………………………… 32

缅怀先师文翁怀沙先生 …………………………………… 33

题《霜天入旅图》 ………………………………………… 33

题写生《香榧木图》 ……………………………………… 34

厦门行即兴……………………………………………… 34
武夷山登黄岗…………………………………………… 35
谒朱夫子故居（书院）………………………………… 35
温哥华机场记…………………………………………… 36
翻越哥伦比亚山脉……………………………………… 36
梦莲湖晚雪……………………………………………… 37
雪嶂奇观………………………………………………… 37
中秋夜温哥华飞多伦多客机上………………………… 38
桂林晚行………………………………………………… 38
重阳登碧莲峰题赠方丈………………………………… 39
致崔永元………………………………………………… 39
登白塔山观三江口……………………………………… 40
僰人寨探秘……………………………………………… 40
与旧友松韵堂前散步应嘱题…………………………… 43
韦散木《无量春愁集》首发式即题…………………… 43
与侄女周源相逢成田机场……………………………… 44
富士山游西湖合掌村…………………………………… 45
大堰川行吟……………………………………………… 45
清水寺题………………………………………………… 46
游金阁寺应友人嘱题…………………………………… 46
鸽子洞…………………………………………………… 47
特拉维夫城至凯撒……………………………………… 48

过戈兰高地偶题
　　——加利利湖至约旦途中 …………………………… 48
佩特拉帝都 ……………………………………………… 49
死　海 …………………………………………………… 49
马萨达堡垒 ……………………………………………… 50
哭　墙 …………………………………………………… 51
犹太人大屠杀纪念馆观后感 …………………………… 51
圣诞大教堂 ……………………………………………… 52
耶稣受难地 ……………………………………………… 52
致慈江兄 ………………………………………………… 53
胡适先生逝世 57 周年祭 ……………………………… 53
晨游小区公园 …………………………………………… 54
祭海子 …………………………………………………… 54
与诸乡贤登临龙兴寺兼游仙人洞观花 ………………… 55
暮春过伍相祠 …………………………………………… 55
题《夔门入暮图》 ……………………………………… 56
题《登三清山图》 ……………………………………… 56
西安碑林游记 …………………………………………… 57
无　题 …………………………………………………… 58
暮飞莫斯科转丹麦候机即题 …………………………… 58
游欧登塞 ………………………………………………… 59
伊埃斯科城堡 …………………………………………… 59

安徒生博物馆观后记…………………………………… 60

哥德堡至奥斯陆…………………………………………… 60

弗洛姆－松恩游 …………………………………………… 61

观弗淋各肆大瀑布………………………………………… 61

压抑与呐喊

　　——爱德华·蒙克美术馆留言 …………………… 62

易卜生纪念馆题…………………………………………… 62

斯德哥尔摩………………………………………………… 63

赫尔辛基…………………………………………………… 63

题画圣吴道子……………………………………………… 64

读范宽《溪山行旅图》…………………………………… 65

怒斥小吏…………………………………………………… 65

察汗淖耳草原湿地行……………………………………… 66

过居庸关怀古……………………………………………… 66

题《黄山松》……………………………………………… 67

苏老八十寿诞致贺………………………………………… 67

第二十八渡写生记………………………………………… 68

十渡游……………………………………………………… 69

爨底下村即题……………………………………………… 69

过百里峡晚途……………………………………………… 70

雨中登国清寺

　　——应友人嘱即题 ………………………………… 70

咏隋梅	71
中秋吟	71
王一舸杂剧传奇戏曲集《浮世锦》研讨暨共享会致贺	72
游西递	72
孙王阁远眺	73
重游大峡谷	74
题《国清寺古梅》	74
伊朗转程尼泊尔途中题	77
奇得旺国家森林公园	77
加德满都	78
蓝毗尼问疑	
——谒释迦牟尼诞生地	78
游巴德冈杜巴广场	79
哈巴拉纳	80
夜饮金沙湾	80
题《老牛图》	81
琴　台	81
登狮子岩	82
哭江城	
——应友人嘱题	83
无　题	83
清明寄乡思	84

庞贝城遗址·················· 84
游米洛斯岛观维纳斯发现地
　——应友人嘱题 ············· 85
希腊神庙··················· 85
科隆大教堂················· 86
梅特奥拉修道院游记 ········· 87
重登埃菲尔铁塔············· 87
巴黎圣母院················· 88
登阿尔卑斯山··············· 88
翡冷翠游记················· 89
橱窗女····················· 90
过优胜美地················· 90
好莱坞游记················· 91
题科罗拉多大峡谷
　——凯巴布游记 ············· 92
高家台雅集即题并诵········· 92
夜宿南湾村晨记············· 95
崖壁上写生即兴············· 95
洪谷子隐居处··············· 96
丁汝昌纪念馆题············· 96
游禅林寺··················· 97
无　题···················· 97

双子塔远眺	98
大皇宫观后感	99
新加坡游记	99
莱茵河荡舟	100
夜游威尼斯	100
金门大桥	101
游大散关	101
徐渭故居题	102
五丈原	
——应诗友嘱即题	103
游钓鱼台	
——访姜子牙垂钓处	103
茂　陵	104
镇海桥	104
登嘉峪关	105
祖源村	106
鲁迅故居题	106
敦煌月牙泉	107
游直隶总督署	107
藜藿吟	108
巢州泪并序	109
答友人	109

立秋登吟 …………………………………………… 110

都江堰游记 ………………………………………… 110

襄阳怀古 …………………………………………… 111

青城山 ……………………………………………… 111

宋玉故地行 ………………………………………… 112

访襄阳米家 ………………………………………… 112

谒诸葛茅庐
　　——应诗友嘱题 ………………………………… 113

武当山游感
　　——兼观武术表演应友人嘱题 ………………… 113

碧云寺即兴 ………………………………………… 114

神农架探幽 ………………………………………… 114

北海公园怀古 ……………………………………… 115

秋游香山 …………………………………………… 115

游恭王府 …………………………………………… 116

菜市口祭六君子 …………………………………… 116

银屏仙人洞题 ……………………………………… 117

白岳雾雨 …………………………………………… 117

雨中登白岳顶 ……………………………………… 118

游源头村并序 ……………………………………… 118

雨中游呈坎 ………………………………………… 119

白沙湖偶感 ………………………………………… 120

中秋夜吟并序	120
三河镇怀古	121
胡　杨	122
克孜尔石窟	122
重阳寄故老	123
晨观乔戈里峰	124
盖孜谷口	124
香格里拉晨记	125
长江第一湾即兴	126
丽江行	126
游苍洱	129
双廊镇之夜	129
登苍山	130
观电视剧《大秦赋》愤题	130
临米芾《蜀素帖》	131
临《洛神赋》帖题松雪道人	131
王羲之《远宦帖》等五种临后题	132
临《兰亭序》	132
题《秋山寻胜图》	133
陇上行即句	133
再过杨凌	134
晨登麦积山	135

游伏羲庙……135

重游南郭寺……136

题昭陵……136

清明寄……137

黄公望故里行……137

登南雁荡山……138

楠溪书院
　——应南溪书院周建朋兄嘱题……139

谒会文书院……139

梅雨瀑亭雅集……140

雨中访山家……140

石桅岩……141

北雁行兼游永嘉山水随笔……141

鹤阳访谢家……142

夜宿林坑……143

暮游大港头……143

题画《秋雨吟》……144

过紫竹苑……144

应邀出面央视书画频道有怀……147

运河畔与儿孙游记……147

致钢琴才子……148

雪夜吟……149

运河畔晚林访友	149
央视转播 2022 年维也纳新年音乐会观后记	150
与周天天周晓白雪中戏作	150
临金农《相鹤经轴》等帖有感	151
闻铁链女即题	151
时局有感	152
题柳杏花雨图	152
春　雪	153
木斋文集读后题并序	153
清　明	154
奉题牡丹图	155
端午时节题感	155
暴雨曝晴偶记	156
雨后不遇	156
致莫言	157
大兴机场寄语江城诸友	158
恩施大峡谷写生题	158
即兴题幺妹儿祝酒歌	159
密云雅集记感	159
穿越清凉谷	160
登慕田峪	160
观崔健《摇滚交响音乐会》	161

松韵堂与青年诗人谈出新	161
除夕题	165
周口店遗址即兴	165
云居寺题	166
访贾岛峪	166
拙政园秋兴八首	167
中秋吟	171
壬寅中秋日与于志学先生黄山太平湖泛舟	171
渔梁坝怀古	172
暮游万佛湖	173
夜游鹊渚镇	173
诗人张平九十华诞志贺	174
登香山即兴	174
题《老梅图》并序	175
题水墨花鸟卷《来为我寿》	175
题《晴雪》	176
画老梅题赠当代诗词馆兼贺乔迁之喜	176
寄诗人方克逸	177
《王玉明：我的艺术清单》观后题	177
啸　歌	178
题墨牡丹卷	179
《我负丹青——吴冠中自传》读后题感	180

央视《大师列传》沈鹏"诗书相融，艺道并进"观后题……	180
陈丹青《笑谈大先生》读后题………………………………	183
蝶恋花·泰姬陵………………………………………………	184
暗香·游牡丹园………………………………………………	184
江城子·马嵬坡有怀…………………………………………	185
念奴娇·中秋…………………………………………………	185
雪梅香·除夕登高……………………………………………	186
夜游宫·七夕…………………………………………………	186
满庭芳·姑苏行………………………………………………	187
水龙吟·登天蒙山……………………………………………	187
水龙吟·读范扬写生集………………………………………	188
水调歌头·重阳………………………………………………	189
八声甘州·游江南……………………………………………	189
忆旧游·西塘行………………………………………………	190
鹧鸪天·题美人秋思图………………………………………	191
念奴娇·西溪南怀古…………………………………………	191
永遇乐·题《武陵源秋峰》…………………………………	192
水龙吟·题赠曾来德兄………………………………………	193
疏影·湘西行…………………………………………………	193
临江仙·暮色吟………………………………………………	194
天仙子·蝴蝶泉小记…………………………………………	194
满庭芳·丽江行………………………………………………	195

蝶恋花・西江苗寨之夜即题	196
贺新郎・观黄果树瀑布	196
临江仙・题《紫藤图》	197
石州慢・硇洲岛怀古	197
沁园春・题《南迦巴瓦峰图》	198
唐多令・游贵生书院	199
西江月・过响水潭	199
踏莎行・合水线	200
长亭怨慢・题《秋浦图》	201
锦堂春慢・题《黄山蓬莱三岛图》	201
小重山・上元夜酒后小记	202
江南春・立春	202
十六字令・题《梅兰竹菊》	203
贺新郎・除夕	204
雨霖铃・曹雪芹故居题笺	204
满庭芳・观兰花展并序	205
暗香・游黄河入海口湿地	205
高阳台・题《故园晴翠》	206
锦堂春慢・雁栖湖登塔	207
八声甘州・清明登燕山	207
高阳台・屈子吟	208
沁园春・过巢州望城岗	209

水龙吟·题赠伊人	209
汉宫春·清明祭	210
沁园春·张山行	211
采桑子·齐云山雨中作	211
江城子·登齐云峰顶	212
少年游·玉虚宫	212
少年游·太素宫登高	213
画堂春·齐云杜鹃花	213
伤春怨·上巳故园游	214
高阳台·登方腊寨	214
临江仙·秋夜闻雨	217
采桑子	217
唐多令·横江行	218
凤凰台上忆吹箫·春江即雨	218
临江仙·写生遇雨	219
六丑·过雄村	219
兰陵王·谒周祖陵	220
醉蓬莱·游蓬莱岛	221
水调歌头·承德行 ——应友人嘱题	221
青玉案·白水村吊柳永	222
念奴娇·过福州古城	223

蓦山溪·谒辛弃疾墓 …………………………………… 223

青玉案·闻夜雨题 …………………………………… 224

临江仙·萧伯纳塑像前留言 ………………………… 224

念奴娇·尼亚加拉大瀑布 …………………………… 225

水调歌头·重阳游阳朔 ……………………………… 225

浣溪沙·刘三姐对歌台留言
　　——致黄婉秋女士 …………………………… 226

汉宫春·流杯池怀山谷翁 …………………………… 226

水龙吟·除夕题感 …………………………………… 227

雪梅香·邂逅 ………………………………………… 227

烛影摇红·雅集 ……………………………………… 228

蝶恋花·《画堂春》观后题 ………………………… 229

水龙吟·岁末立春寄语 ……………………………… 229

雪梅香·迎春 ………………………………………… 230

苏幕遮·元宵 ………………………………………… 230

江城子·元宵遇雪 …………………………………… 231

水龙吟·松韵堂春和雅集 …………………………… 231

小重山·二月二 ……………………………………… 232

蝶恋花·徐志摩纪念馆题 …………………………… 235

多丽·清明 …………………………………………… 235

江城子·查济晨作 …………………………………… 236

满庭芳·登烟雨楼 …………………………………… 236

行香子·南浔 ……………………………… 237

忆旧游·西湖记事 ……………………… 238

六州歌头·松韵堂"夏永雅集"题并诵 …… 238

水调歌头·南塘观荷花 ………………… 239

洞仙歌·晨登戒台寺 …………………… 240

卜算子慢·重阳游归园 ………………… 240

江城子·宏村 …………………………… 241

桂枝香·登篁岭 ………………………… 241

雪梅香·上元夜惊闻新冠病毒扩散询友后题 …… 242

疏影·端阳节怀古 ……………………… 242

望远行·金庸故居题 …………………… 243

声声慢·江城夜雨 ……………………… 244

醉花阴·郊游偶句 ……………………… 244

满庭芳·燕郊行 ………………………… 245

六州歌头·暮春吟 ……………………… 245

双双燕·沈园 …………………………… 246

拜星月慢·山月 ………………………… 247

雨霖铃·过清东陵 ……………………… 247

莺啼序·华清池怀古 …………………… 248

宝鼎现·敦煌饮别 ……………………… 249

夜半乐·琴台随赋并序 ………………… 250

念奴娇·登黄鹤楼 ……………………… 253

西河·七夕……………………………………… 254

六丑·故宫怀古…………………………………… 254

哨遍·白岳秋雨吟………………………………… 255

疏影·咏梅………………………………………… 256

水龙吟·除夕答友人……………………………… 256

蝶恋花·上元夜咏梅……………………………… 257

江城子·元宵寄题………………………………… 258

我的诗路与诗观
　　——《松韵堂诗词》后记 ……………………… 259

跋《松韵堂诗词》（王一舸）…………………… 270

致栗老

比起那些像章鱼一样委行的软体动物他是一座山。

践以才情独有思,缪斯共赋艺坛奇。
封文岂止青云路,禁笔频添浊雨期。
惜数流年营旧绪,勤争来日著新知。
身腰肯断不须折,峻拔如山一冷眉。

2004.9 记于宋庄南塘

参观联合国大厦

群楼一聚耸云天,千帜飘扬色自鲜。
政有规行衡左右,官当守约济方圆。
独裁犹忌纵邪主,道义难为恣霸权。
共向和平持橄榄,联盟律若剑高悬。

2015.12 于纽约

赴晋途中作

北上秋风入夜凉,苍山域外旅人伤。
愁深散处愁心筑,梦远归期梦路长。
草色霜前难止步,鸿鸣月下肯思乡。
初心负岁羞言老,野径黄花万里香。

2016.9.23 记于列车上

观永乐宫壁画

纯阳故里在河东,自有雄甍万寿宫。
壁上群仙旋窈渺,龛前巨匠化时空。
唐风闪忽飘吴带,晋骨深沉纵笔功。
莫哂凡尘灵气薄,惊呼妙手与神通。

注:纯阳,吕洞宾号纯阳子,永乐人。

2016.10 于晋芮城

题《月下樱花图》

寒宵霁月照红樱，旧苑逢春往事萦。
嫩色犹怜情不挠，娇羞带怯觑还轻。
阴晴梦合云回暗，冷暖香凝雨复明。
纸上留痕空自惜，追思万绪几悲生。

2016年记于北京松韵堂

太极堂会晤觉公题

斯人不意降凡尘，天道休猜自有因。
物化凝心橡笔古，功深铸骨捷拳真。
丹青路渺开疆界，尚武涯回破海滨。
血性诗文憔悴得，苍然屹立壮嶙峋。

注：梅墨生号觉公。

2017.1 于北京

《诗词家》四周年雅集迎春会即题并诵

四载春林花满枝,香园勃郁俏新奇。

追风韵合汉唐趣,举志情融家国思。

静析京贤遴妙句,闲听燕女咏华辞。

吾心只念苍生泪,独把温馨赋小诗。

2017.1.14 于中国地质大学

立春随感

愁怀昨夜拒烟花,旷野枝头听噪鸦。

楚客留京惊梦旅,燕人去国闹春涯。

江山贯被虚荣掩,岁月常经假意夸。

欲问东君遗冷处,乡间裂土冻篱笆。

2017.2.3 大年初七于京郊农家

二月二寄乡亲

凹里青阳未断寒，东君步履渐行宽。
山林静漫烟初绿，雪谷幽听水自欢。
先借期心摛丽藻，重抬望眼寄春澜。
乡愁醉入连宵梦，笑与亲人共凭栏。

2017.2.27 晨于北京

清　明

客地孤行绪满生，遥岑远翠念归程。
花香故向愁人散，草色偏随旅影萌。
片片冥钱烧野祭，霏霏泪雨诉青莹。
征舟一去烟波渺，渡柳春前空自荣。

2017.3 作于吉林长春市

故园吟

花争暖树小村前,为报归程春已先。
故老开颜叨旧事,邻童绕膝指新迁。
松冈带露云烟杳,涧底回风鹤影玄。
浪迹天涯三十载,残怀一梦对山圆。

2017.3.14 于故乡

与诸旧友重游敬亭山

三十六年前,余与南陵师范学子四人街头邂逅,而今白头相逢,携手共游敬亭山春色。

三月宛陵春欲荣,江城嫩雨翠烟生。
一溪草色天边蔓,双寺钟声世外萦。
醉问诗山寻李白,痴临画谷赏梅清。
重逢不叙沧桑事,依旧当年意气横。

2017.3.18 于宣城记

周逢俊　《胡杨》　2020年　180cm×97cm

周逢俊 《双鹭图》 2011年 240cm×119cm

登谢朓楼

凭楼远眺旧时濠，渚外斜阳带绪翱。
烟际江迷思境远，芳洲路断望山高。
春生又现玄公韵，花绽难留太白豪。
杳叹踪前谁复旅，敬亭云鹭过新涛。

2017.3.20 记于宣城

游布达拉宫题

势出云端问几重，天高载日绕回龙。
飞车雪域春难抵，信步仙乡梦已封。
剩有皇姑思汉室，循无蕃子效唐宗。
逻城不隔苍穹路，一往清霄数万峰。

2017.5 记于拉萨

观沧海

天底奔澜势出空,苍茫忽见暗云笼。
纵凌浩瀚无边雨,欲寄高樯万里风。
险象曾经先后测,运途已向未来通。
壮怀一啸潮头去,直抵心深与梦同。

2017.5.6 记于黄海之滨

暮春吟

方知春过惜春迟,觅尽芳踪去不知。
烟渡鹂声萦晚棹,花林萤火照残枝。
轻佻柳絮争虚度,浪漫萍心重别离。
境转天涯催客老,半怀愁绪半怀诗。

2017.5.9

游浮来山兼访刘勰著书处

定林古寺入浮来,水复山回九曲台。
积翠楼亭通与变,删芜草木巧须裁。
文风独志含骚出,辞雅双骈抱韵开。
一崛千年高仰地,星光照处是天才。

注:刘勰,祖籍山东日照莒县东莞镇大沈刘庄,晚年回故乡浮来山创办(北)定林寺。

2017.5 于东莞镇

西藏行

欲放高怀上九重,阊门咫尺破天封。
江河立象源头活,雪嶂披辉域外彤。
公主幡前思故国,王爷帐下拜唐宗。
和亲不废轮回志,共祭神山朗玛峰。

2017.5.13 于拉萨

雅鲁藏布大峡谷游感

湍江裂裂势嶙峋，直到天门幻梦真。
川伏冰岩回暗底，月悬雪谷照清滨。
云幡草木传猿啸，鸟路牛羊伴马巡。
更向高寒寻绝妙，期心欲上赴佳辰。

2017.5.16 于林芝

观大型史诗剧《文成公主》

明宫盛宴祝和亲，金阙笙歌别玉人。
雪域苍茫离国土，云途坎坷入蕃尘。
愁颦不再堂前蹙，媚骨常随叟下陈。
一曲邦交千载颂，江山自始共秋春。

2017.5.18 于拉萨

端午吟

祭日何来品死生，怀沙濯骨水为莹。
披荷韵载千州翠，槌鼓声传百代鸣。
世上难寻香草贵，朝中不乏媚狐精。
羞迎屈子回眸地，浊气而今掩故城。

2017.5.30 端午节记

月夜吟

萦怀独影对凉宵，月泊燕山正寂寥。
羁旅窗寒难入梦，停吟风瘦忍听箫。
耽心愁酎惊回雁，负命扬帆御退潮。
拗我家山曾有誓，长嗟白首怅天遥。

2017.6.9 夜记于松韵堂

周天天三周岁戏题

争淘耍赖小顽刁，踏步尘飞追野猫。

雅室晨昏操剑客，花园上下放筝鹞。

狂涂几废老夫笔，畅诵多抒佣女谣。

又向堂前分楚汉，白头哪得比天骄。

注：孙子周天晔小名天天。

2017.6.18 于北京

盘山行

偶去京东钟鼓循，都门浊气转氤氲。

云封峻拔镶隋筑，鸟过林深接海滨。

寺盛曾安千代客，皇封又立九霄神。

风声莫辨东西意，惟信江山草木真。

2017.7.5 于蓟州

渔阳怀古

疏钟域外罩黄昏，入下轻烟绕旧屯。
武定惊心狂万骑，骊山快意扭肥臀。
逼川已被胡儿累，残梦犹缠美女魂。
鸦噪血光龙虎地，街前一叹感余温。

注：武定传为安禄山命名。

2017.7 于蓟州

与故人晤

耆老相逢对泪流，乡间旧事涌心头。
颜衰未减家园累，学浅常蒙故友羞。
苦渡舟前迎雨岸，勤耕地薄守霜洲。
无言两自禁喉骨，一叹声凄全是愁。

2017.7.24 于松韵堂

《松韵堂吟草》出版发行感怀

喜把流光赋小诗,悲欢如是记当时。
沉吟已渗残阳血,高韵难圆壮岁肌。
惯骂贪官邪不止,常嗟黎庶苦无期。
浅斟贺日谁同饮,长夜横斜月影移。

2017.7.31 于作家出版社

暮登狼山

——兼谒骆宾王墓

江南寻胜小清秋,冉冉余霞镀古楼。
城宇云低回碧海,河梁水漫绕花丘。
唐人未解毫端恨,旅子常生棹底愁。
依旧三吴骚客地,苍凉鼓点壮风流。

2017.8 于南通

读柳宗元《饶娥碑》有感
——应诗人饶惠熙兄嘱题

鄱阳代有祭芳魂，孝字而今世罕存。
浊浪难埋千古德，清风更续百年恩。
龟鼍驭魄莲增艳，柳子沉怀泪尚温。
莫向昆仑言壮拔，神娥与日照饶门。

2017.9.10

重 阳

秋来更觉意纵横，九月登高上古城。
每赏黄花霜后艳，总怜碧桂雪前荣。
云途但比思途短，鸿梦安知客梦轻。
昨夜孤斟谁问醉，江天人旅正愁生。

2017.9 于北京

中 秋

月也今宵照故城，未知月肯旧时明。
山高筑忆云途短，日晚争愁雁路横。
远绪无边诗自朗，清辉不尽韵犹生。
悲欣亘古随圆缺，泪下乡关入梦萦。

2017 年中秋于松韵堂

重游旧王府忆住地下室旅馆

　　曩昔初入京城，于皇宫东侧锡拉胡同内寻得旧王府地下小旅舍栖身，陋道寒夜，浊气熏人，历月余与蚁鼠共室，然以为价廉可得容膝之所，既无风雨之虞，又无妨读书临帖，念念以一枝之于巢夫一壶之于壶公，遂心满意足矣。今重游故地，不复所寻，但见府邸花园已修葺一新，惟假山之畔老梅依然故我，一时若老友相逢，不禁唏嘘，感怀以志。

前朝府底暂栖身，若度阴阳两绝尘。
夜鼠磨牙欺倦旅，烛花落泪惜孤邻。
期心陋室宜勤朴，果腹粗粮养本真。
旧地梅花凌傲骨，依然绽放俏嶙峋。

2017.10 于松韵堂

与诸乡贤欢宴酒边题赠

犹忆上世纪七十年代初，巢湖工农兵业余文艺活动呈一时之盛，银屏山区范围内，来自箕山的周先海兄擅长曲艺，来自散兵镇的黄大鹏兄长于作曲，而来自白牡山的我则志于美术，于乡邦露了些些头角，经常与专业名家一起参加县、地、省文艺活动。许是出于有望别开生路的羡慕，乡人有称"银屏三剑客"，而推举我们三人者正是刻下同席那时银屏区文化站站长陈先训先生。屈指是年我十八岁，先生也不过才二十五岁，而今却六十翁对七十翁矣。职是之故，应诸友吩咐赋诗一首以示不忘兼唤取老骥伏枥之志。

相聚回眸四十年，眉梢峻立几朝坚。

惭言热血修家国，忍忆冰霜斗地天。

岁负青山撑薄骨，时增白发照双肩。

阖门有愧延宽日，更惜余生一梦圆。

2017.10 于故乡巢湖

露台与故友饯别题赠

清宵碧桂露台香，对饮江楼夜未央。

老渡风残犹叙旧，苍洲月浅总怀伤。

黟山一别流云去，率水常思旅路长。

慰语难平须尽酒，明朝何处不秋凉。

2017.10.7 夜于歙县新安江畔

夜过武陵源

澧波夜下过秋宵,高路云飞雁去遥。
纵看天深无极徼,犹听地底有惊潮。
迷星浅坠苍山古,冷月升腾老树涧。
鸡塞闻寒难止旅,人生抱梦向明朝。

2017.10.24 于张家界

游张家界再题

倏然几度变桑田,苍壑雨风不计年。
铸石披涛经海啸,攒崖锻骨向天坚。
沉怀绝立非争誉,举志孤横自奋先。
危境攀登寻共崛,青云谁与上峰巅。

注:据科考,亿万年前张家界为海域,曾两度沉浮。

2017.11.4 于武陵源

游朱砂古镇应友人嘱题

佳人脂泽印朱砂,骚客毫端词太奢。
带血穿山挨地府,披星凿石照蓬家。
秦皇樽底光如炫,汉武城中色若霞。
蒸汞烟云生死处,青春到此不须赊。

注:朱砂,又叫丹砂,炼汞的主要原料。朱砂古镇位于万山,为世界三大汞矿之一所在地。

2017.11 于贵州铜仁市

访阳明洞

日前通读阳明先生《传习录》,沉浸不能自拔,庶几夫子闻韶之概,更汲汲龙场古驿往观之想。丁酉之秋,余携弟子二十余赴武陵源写生,事毕各各归途,余独契内子南鸿继续南下往之。越野登临,幽谷逸林,龙岗遗风宛宛扑面。小子不才,岂敢以会心唐突大哲,惟一番当其地之激赏之怀想不可无记。

别有龙岗一洞天，秋光共与谒先贤。

知行悟道三千路，格物扬心五百年。

未弃微身修梦远，常容小史毁宫前。

纵怀永志坚人骨，高品如今谁见传。

2017.11.10 于贵州修文县龙场古驿

谒国立西南联大旧址题感

茅舍低檐做学堂，师生战地共悲凉。

欲坚眼底残年志，应雪心头故国殇。

愤自胸尤持气节，凛然骨可验脊梁。

高风日远谁承继，羞问杏坛几瓣香。

2017.11.15 于昆明云南师范大学

傣族园即兴题

蓝天嘉木小层楼，花径游人绕绿洲。
孔雀穿云增瑞气，傣娘泼水竞风流。
田园好古依山寺，椰子飘香傍土丘。
四海归来清净地，湄公河畔一望收。

2017.11.18 于西双版纳勐仑曼嘎

大理古城夜吟

南诏深宵入古城，游心过尽六朝更。
苍山立国何成败，洱海封藩几废兴。
塔影依然星下直，钟声自是夜回铿。
街灯幻若繁华地，歌舞须臾一梦萦。

2017.11.20 记于大理

与乡友忆往事

怕忆儿时噩梦生,未言先惧两心惊。
空村饿殍横荒骨,野庙愁狐绕乱茔。
蔓草和花添灶火,飞虫带翅入锅烹。
幽山负恨连寒雨,多少阴魂对夜鸣。

2017.11

悼余光中先生

诗神奉诏上天庭,去会前贤文曲星。
一种乡愁分两地,百年雁影伴孤萍。
江山不再干戈累,社稷常闻橄榄馨。
他日清霄望故国,魂归化作颂歌听。

2017.12.15 于北京

硇洲登古灯塔

灯塔建于公元1898年，历经三世纪至今光明。

老身斗夜送光明，世纪沧桑志未更。
拍岸鸿哀撕乱屿，惊舟鬼啸接寒城。
分流总在潮头起，暗涌还从海底争。
欲问东西何所辨，苍茫独立照航程。

2017.12.31 于湛江

《诗词家》戊戌祝东风雅集

又是一年花正娇，东风力劲退寒潮。
楼前滴翠青阳暖，宴上飘香陈酿高。
守律尤容新韵改，循规应破旧诗标。
惊人妙句争春色，共与云莺歌九霄。

2018.1.28 于中国地质大学

观月全食

一团黑白息余辉,谁敢高声问是非。
明暗争分残缺梦,人间捉夜话天机。

2018.1.31 于北京

谒梁任公墓

寒烟漫谷绕西山,我比春先翠柏间。
曲径连踪碑下谒,幽梅顾影冢边颜。
凌霄白塔千峰俏,寂寞清钟一寺闲。
黄叶村前风水地,仙公对酌话时艰。

注:黄叶村又为曹雪芹故居。

2018.2.21 于香山

戊戌二月二诗家雅集即题

北地春苏二月天,疏林气润泛青烟。
峰争独秀心先动,水激添妆眼又迁。
翠翠穿城筛嫩雨,绯绯照户接香阡。
无边沃土蒸腾日,新韵初成句已鲜。

2018.3.18 于怀柔灵惠山

新安江春咏

家住渔梁坝上村,春光爱向紫阳屯。
诗翁醉里曾贪色,过院桃花绕栅门。

注:紫阳山,渔梁坝南岸侧。

2018.4 于歙县

应张桂兴先生嘱题仓颉颂

一泄先知化此君，天开秘事附灵纹。
刚柔貌似云波合，脆朗声犹玉石分。
善智能教扬正义，愚邪反可乱蛮群。
光明共永图宏志，多少情怀寄妙文。

2018.4.2 于北京

故园即景

晓杏争时尚，花开不厌繁。
山泉风雨急，九曲绕春藩。

2018.4.7 于巢湖

访水东古镇

水东为江南名镇,余曾流落此街头卖画,今与诸友故地重游,不胜感慨。

三十八年回忆中,冰花小镇蜡梅红。
残街占地争疏客,破屋躬身斗漏风。
几被流氓轮贱辱,曾遭恶吏忍围攻。
天涯羁旅炎凉日,一叹相逢白首翁。

2018.4.12 于宣城南陵

游临易遗址

曾为燕国都城,荆轲刺秦未遂,城被秦军所破,燕国灭亡。

南阳旧绪罩王都,几片零花气象孤。
易水悲歌藏短剑,燕风慨叹失穷图。

销身垫土难基国,战地残墟又起儒,
兴废干戈烟迹处,春来野草蔓荒芜。

注:南阳,即旧址所在地。

2018.5.9 于雄安

闻周扬波赴欧参加艺术交流展题嘱

一上青云壮气豪,思心更比碧空遥。
身存绝技传家学,胸有宏图展国标。
即取诗魂融古雅,还从画意识新潮。
凡高府里多谦逊,小获虚名莫自骄。

2018.5.19 于甘肃庆阳

游南山观露天大佛口占

郁郁南山雾雨中,虚形色影意朦胧。
峰头笑露空空佛,谷底愁消淡淡虹。
烛火争欺龛下瞎,钟声尽诈世间聋。
官商许愿增贪欲,唯对穷人各啬同。

2018.6 于烟台

观龙舟赛思屈子有感

沉怀积韵发端阳,杳渺犹闻厚土香。
壮鼓回川声恣远,横流翻底势迷茫。
冰心独与江山累,热血偏传国士殇。
为效诗魂先铸骨,凭他正气写沧桑。

2018.6.20

缅怀先师文翁怀沙先生

一别都门隔海东,遥思化鹤向崆峒。
音容健俏微屏转,笔墨精神万卷融。
高寿无私真性养,宽怀积得感情丰。
堂前语出皆成趣,笑里相逢在梦中。

2018.6.24 于烟台

题《霜天入旅图》

天涯辗转暑寒征,寸步维艰与命争。
血淬刀锋惊虎地,心滋胆气振龙城。
愁多野岭销风色,怅入荒郊负月明。
古道黄花怜倦旅,秋香一路慰平生。

2018.7.8 于京华

题写生《香榧木图》

半树枯枝百岁身,幽山僻野石为邻。

琼花素洁青云缀,硕果橙光紫气陈。

破土强遭风雨折,冲天势作雪霜伸。

凛然铁骨撑豪直,寂寞初心命自珍。

2018.7 于武夷山潭溪洲村

厦门行即兴

欲下云霄一梦猜,沧波闪烁雪皑皑。

诗心未启情先动,画意初成境自开。

兴看虹霞飞鹭岛,清听鼓浪绕仙台。

滨城入旅逍遥地,我问群鸥谁快哉。

2018.7.14 于福建

武夷山登黄岗

夏入烟川草木芬,溪深不见隐还闻。
崖关漫度猿难聚,岭隘惊飞鸟自分。
欲净尘怀勤寄独,尝销俗眼远离群。
苍鹰已过阊门外,吾向九天啸白云。

2018.7.21 于桐木村

谒朱夫子故居(书院)

东溪五曲紫阳楼,翠野云深入古丘。
草木传情花绪杳,河梁入胜鸟声幽。
遗书几被红潮毁,断铭余从黑市留。
拟把学堂成景点,重修故地供人游。

2018.7.23 于武夷山五夫镇

温哥华机场记

去国西乘绕日边，舷窗尺许九霄前。
枫林雪嶂天犹限，海市云帆梦自圆。
臆断狮门虹入画，心驰鹭岛酒盈篇。
千邦纵旅游兴振，一往豪情任百年。

注：狮门，狮门大桥是世界上长度超常的悬索吊桥之一，造型优美，典雅端庄，原先红色改为青绿色，与青山融为一体。

2018.9.18

翻越哥伦比亚山脉

晓入峰丛万壑间，惊心诱入探秋颜。
寒杉雪岭根根直，断壁冰川路路弯。
雾色婆娑穿跳鹿，霞晖锦绣照欢鹇。
从来只识家山好，到此才迷境外山。

2018.9.19 至班夫国家公园途中记

梦莲湖晚雪

满地惊寒乱蝶飞,波凝白石势巍巍。
风雕玉壁过三界,气立冰川振四围。
望眼虚岑云更瘦,游心梦谷景多肥。
丹青不拒留人意,打着车灯照雪归。

2018.9.21 于加拿大国家森林公园记

雪嶂奇观

裂谷巡飞势比鹞,沉浮海底识狂潮。
漂移不受时空限,增减无关今古销。
积韵层层非鬼作,玄思代代有神调。
苍茫浩渺寻何似,日月年年照旧霄。

2018.9.22 返温哥华途中

中秋夜温哥华飞多伦多客机上

乘风入夜横星汉，天上人间望玉宫。
惯向中秋思旧地，偶过银汉赏新空。
冰原雪影扬肤色，鹭岛觥深溢酒红。
最是温馨无国界，月圆应照五洲同。

2018.9.23 中秋夜记

桂林晚行

游城醉客入斜阳，满市霞披碧桂香。
万户争秋明四水，千舟逐梦映双江。
华灯半暗撩幽静，焰火余辉捉夜凉。
只有晨星含旧韵，依然照我走他乡。

注：四水，榕湖、杉湖、桂湖、木龙湖，四湖环通。双江，漓江、桃花江。

2018.10.8 于象鼻山侧记

重阳登碧莲峰题赠方丈

一江烟雨半城空，满纸潇潇泼墨同。
枫叔色如山杏艳，菊狂香比海棠红。
幽篁入古嫌门窄，老柏登高拒径通。
欲问修行何有悟，闲看渔父钓秋鸿。

2018.10.17 于阳朔

致崔永元

男儿敢抵百邪侵，感有唏嘘天地沉。
权贵龙门通暗壑，明星虎路占高林。
铮无寸许颜奴骨，耻失分毫赤子心。
度外翛然生死处，凛凛气节拒千金。

2018.10 于漓江之畔

登白塔山观三江口

三江气浪一城高，渊壑回风听雪涛。
抱石青筠连百嶂，横天白鹭过千皋。
东坡旧壁添兴句，老杜长锋复劲毫。
浩荡诗心归海际，云帆寄我任游遨。

注：杜甫、苏东坡曾题诗于壁上。

2018.10.24 于宜宾

僰人寨探秘

云乡石海暗森森，暮色苍凉晚雨沉。
寨阚罗神纵剑舞，崖扉布祀壮巫琴。
从天薄命依寒穴，抗主轻身拒福霖。
一战九丝成绝响，秋风惨惨且听吟。

注：僰人与蜀国历史同样悠久，为宜宾的真正土著人。因抗

周逢俊 《花香润鸟声》 2011年 138cm×34cm

周逢俊 《梦里家山》 2023年 248cm×129cm

拒朝廷，首邑九丝城于明万历年间被攻破，从此这个民族消亡。

2018.10 于兴文县

与旧友松韵堂前散步应嘱题

家住京郊小镇西，孤楼斜对菜三畦。
开窗有菊裁新句，半径修篁绕旧题。
岂效陶公愁自隐，敢争杜子志当齐。
堂前最得儿孙趣，偶与诗朋一醉栖。

2018.11.20 于宋庄

韦散木《无量春愁集》首发式即题

京街小巷喜无量，雅集方家贺满堂。
曲索书涯勤筑梦，迂纵诗海自开疆。

辞经练就筋犹立,韵自垂成气可张。
国子监前风雪路,梅花复比旧时香。

2018.11.25 于东城圆恩寺胡同

与侄女周源相逢成田机场

燕山聚散又东京,两地遥思沧海横。
忆里娇萌非涩果,眼前俊俏一倾城。
才深不减芸窗累,梦远常忧步履轻。
莫尽芳华争学霸,应将苦乐报家明。

注:周源就读于东京大学。

2018.12.5 记于东京

富士山游西湖合掌村

回望远近一车行，富士山头夕照明。
白首衔晖穿落木，青眸带色隔遥城。
烟岚曲进湖光醉，风月徐升鸟语惊。
向晚村头灯影下，柴扉古驿几筹觥。

2018.12.7 晚记于富士山下

大堰川行吟

岚山晓日照嵯峨，萧寺聒鸦飞旧窠。
枫动霓霞千蝶舞，堰流玉翠百舟歌。
街前识韵夸唐汉，阙下陈辞谴岛倭。
妒眼又添惊羡处，京都气色任婆娑。

注：嵯峨，即嵯峨野，与岚山隔川相对。

2018.12.8 于日本京都

清水寺题

  清水寺为日本最古老庙寺,其大唐风韵保留至今,这里是观和服、红枫最佳地。

  云阶朱阙耸嶙峋,音羽苍泠古木新。
  富丽生生唐彩溢,高华振振汉风陈。
  香囊婉步霓裳女,玉帛疏龛锦绣神。
  仪态遗从前世找,扶桑得意却传真。

  注:音羽,即音羽山,位于京都东城。

2018.12.11 记于京都,改于大阪

游金阁寺应友人嘱题

  金阁寺又名鹿苑寺,北山山庄,内为木结构,外贴金箔而成。其史迹弥远,几度兴衰,几遭焚毁,至昭和三十年重建。

斜阳冷照北山崖，金阁辉煌映碧池。
松翠浮光清气溢，梅香漫润白冰垂。
衔幽庙得僧窗静，抱古亭传客眼奇。
往复谁曾留妙句，灵心一动意相期。

2018.12.10 于京都

鸽子洞

避战安窠筑险峣，苍崖隙浪暗听嚣。
家邻尚未知生死，海域何须卜涨消。
信隔教堂人各矩，情分圣土国相妖。
和平怎负和平意，惯入硝烟赴乱潮。

注：鸽子洞位于以色列北端地中海岸峭壁中，与黎巴嫩之间竖一道隔离墙，每晨昏时有许多和平鸽在这里飞旋高叫，鸽子洞传来阵阵海潮拍打的嘶吼声。

2019.1 于以色列

特拉维夫城至凯撒

新潮韵接老城风,独与游人识不同。
凯撒芳沉销古堡,沙湾梦浅叙残宫。
多元并立存疑意,千载分尊各有崇。
圣地波澜听往复,迷涯日晚照苍穹。

2019.1.4 记于以色列凯撒里亚

过戈兰高地偶题

——加利利湖至约旦途中

几度硝烟草色轻,穿崖弹孔证枯荣。
平山垫骨基疆土,立国捐身固本营。
征战欲坚人性野,复仇犹猎鸟心惊。
由来积怨何时了,千载轮回伴死生。

2019.1.6 于安曼

佩特拉帝都

转石连崖未出关，深峡窄路九回环。
嶙峋凿穴图纹满，壁垒穿梯玫瑰间。
盛世膏奴开业迹，更朝铁骑犯君颜。
是非随史埋千载，商旅游来话旧山。

注：佩特拉又称玫瑰城，因岩石斑斓绮丽，故名。佩特拉盛于一世纪，到三世纪渐衰败遂坍圮埋没，至十八世纪被瑞士探险家发现，重见光明。

2019.1.7 于约旦

死　海

粼粼水域一望开，远岸平沙巧筑台。
渺渺无帆飞鸟尽，层层浅浪旅人来。

何穷浩瀚淤咸质,总止清风秀绿苔。

海象由生难海象,名涯固守是偏才。

2019.1.8 于约旦

马萨达堡垒

马萨达城堡高筑崖端,难攻易守。公元 73 年犹太古国的最后一战,城堡被罗马军队攻陷,九百壮士宁自杀亦不做亡国奴。

峻拔云低四壁危,风嘶石阵卷残旗。
交戈杂闪豺狼啸,混血溶流草木漓。
城破从容遵义死,国殇何必树亡碑。
山形气象人神立,壮与后生志可期。

2019.1.9 于约旦河西

哭　墙

西墙许愿几兴亡，日出迦南照旧乡。
损步频催生死路，昂头再赴雨风航。
族优难避天常妒，世乱争罹国有殇。
喋血黄沙营梦境，街前苦乐志尤张。

注：哭墙又称西墙，历经两千多年风雨侵袭，仍完整保留四百米，现开放七十米供人瞻仰。犹太人流浪归来跪墙而哭，把经历的苦难和心愿写在纸上折叠好塞进哭墙石缝里，他们视哭墙为精神家园。迦南，即巴勒斯坦及周边，古希伯来人对这块"流着奶与蜜"的地方的称谓。

2019.1.12 于耶路撒冷

犹太人大屠杀纪念馆观后感

松山肃穆日长哀，六百万人成劫灰。
魔鬼横刀惊血雨，冤魂断首化风雷。

生无国土年多难，命弃家园代有灾。
四面而今闻可怖，隔离墙外炮声回。

2019.1.13 于耶路撒冷

圣诞大教堂

天地灵心万物融，星辰日月照苍穹。
龛前法度人神合，殿下君民贵贱同。
律步平生无逾距，修身到死尚勤躬。
羔羊岂赴迷茫处，经义高悬正义中。

2019.1.14 于耶路撒冷

耶稣受难地

生死何由叹短长，圣身如此负流光。
荆袍沾血鞭梢累，锁骨连心剑气狂。

劫底阴关无善鬼，愁中日下尽羔羊。
高悬十架千年祭，普世花开万国香。

2019.1.15 于耶路撒冷老城区圣墓教堂

致慈江兄

未名湖水育名人，多少才情出此津。
醉入诗航听浩荡，痴随笔路看嶙峋。
颜兼傲骨潘难比，气合灵台贾可陈。
最惜能言多国语，文章沉郁不逢辰。

2019.2.7 大年初三阅《慈航普读》题赠

胡适先生逝世 57 周年祭

一去英灵弹指间，回望白岳愧青山。
名高料得宗祠累，德厚难分故里艰。

寂岛思亲愁梦短，孤坟困野怅峡湾。
东风碧海千帆过，欲问归心何日还。

2019.2.25 于北京

晨游小区公园

红霞烟柳翠微间，桃杏篱笆爆艳颜。
鹊戏疏梢侵嫩嫩，童攀小栅阻蛮蛮。
平沙浅没蒹葭露，兀石孤分筱竹弯。
几向楼台催望眼，游心早已入春山。

2019.3.14 于北京天通苑

祭海子

花开临海耀新辰，静听春澜忆旧人。
别意朦胧悲短路，思怀馥郁仰长津。

诗心逐日凝愁去，梦魇惊星带泪陈。
岁转凭它颜色改，高丘冷月照香尘。

2019.3.26 于松韵堂

与诸乡贤登临龙兴寺兼游仙人洞观花

径过云端再上楼，乡关熠熠绽心头。
岩花固守唐时韵，洞府残存汉代幽。
空惜乌骓悍将勇，长遗楚岭美人愁。
苍茫一片风和日，不尽晨昏照古州。

2019.4.14 于故乡巢湖市

暮春过伍相祠

耻做奴才弃国臣，平生废立不由身。
昭关白首星光暗，野渡孤舟剑气贫。

鞭骨终因仇未解，断祠何至恨难伸。

残花乱雨寻幽径，犹见吴王赏美人。

2019.4.30 于嘉兴雨中作

题《夔门入暮图》

大壑惊涛乱，高崖气色雄。

云回猿啸晚，日坠雁鸣空。

野旷孤星淡，天苍一棹穷。

夔门残照里，放旅怅秋风。

2019.5.25 于松韵堂

题《登三清山图》

云霄独上占秋空，净入长松隐玉宫。

怪石虚张衔栈道，奇峰崛立抱崆峒。

丹青正合灵台趣，诗赋犹随巧意融。
雨后清风迎晓日，霞光朗照绕飞鸿。

2019.6.7 于松韵堂

西安碑林游记

矗矗秋光意自雄，孔门古柏映碑丛。
宋唐墨韵撑诗骨，魏晋毫端带赋风。
照壁烟痕陈旧迹，牌坊气势接新融。
千年铭缺多存憾，几见才人得此功。

注：碑林原址为文庙。

2014 年记于西安
2019.6.14 改于松韵堂

无 题

上筑吟坛留骂声，赏金十万举虚名。
才华试胆应天意，妙句惊心验世明。
竖子庸词勤献媚，愚生俗笔践逢迎。
灵机巧入评官眼，讥讽其中有不平。

暮飞莫斯科转丹麦候机即题

莫与愁心伴远航，横天一梦问何方。
残星半暗垂京廓，落日余晖映帝乡。
逾黑云头迷夜色，经寒雪域启晨光。
美人鱼约今相见，童话屋边花草香。

2019.6.18 于俄罗斯

游欧登塞

才过旧埠又新城,小巷深如隔世行。
翠气蒙蒙香露散,霞风飒飒彩潮生。
红宫矗立张天势,白璧晶莹满月明。
莞尔亭亭金发女,眸光烈酒最多情。

2019.6.20 于哥本哈根

伊埃斯科城堡

云潮雨过复斜阳,水畔葱茏草木香。
未见旗翻仪仗出,疑听酒色乐声扬。
豪门兴享权臣贵,金殿荣分国主昌。
五百年间寻旧影,空留故垒话凄凉。

2019.6.21 于丹麦

安徒生博物馆观后记

独与清贫度寂寥，安之若命也逍遥。
多情妙笔童心丽，几富诗章老鬓萧。
赋得才华缘薄世，轻分岁月度寒宵。
当时贱到无人识，谁信他年誉国骄。

2019.6.22 于欧登塞

哥德堡至奥斯陆

香丘起伏翠森森，芦泊氤氲绕水禽。
旷野清清含静气，遥岑郁郁蕴甘霖。
城头曙色人声朗，海域晨风岛影沉。
一望深蓝天地透，生生万物自由心。

2019.6.23 于挪威

弗洛姆－松恩游

峡湾百里画中游,两岸清新草木稠。
瘦壁云飞弥白雪,横崖瀑泻掩红楼。
多情不怠乘舟趣,微笑犹分旅客愁。
梦入心深思境远,明朝去处更风流。

2019.6.24 于挪威

观弗淋各肆大瀑布

大壑惊澜瀑底玄,声旋直上九重天。
晨阴栈外青虹薄,夜霁峰头白雪鲜。
拒险偏还偷眼测,闻艰却又怯心悬。
诗潮激发远方去,浪漫从来不计年。

2019.6.25 于挪威

压抑与呐喊

——爱德华·蒙克美术馆留言

丹青随性自由真,笔异惊天泣鬼神。
烈烈抽形畸怖状,森森乱色吊愁颦。
填怀更惹思尖异,举志犹争意远伸。
壮入心声听呐喊,新风几出是超人。

注:爱德华·蒙克(1863—1944),挪威现代表现主义绘画的先驱。《呐喊》为其名作。

易卜生纪念馆题

身缘只合舞台生,一幕波澜百绪惊。
笔励心锋征黑暗,诗添胆气颂光明。
言将带血讥庸政,怒到喷喉詈腐城。
曲尽人间悲喜剧,情怀磊磊听雷声。

注:亨利克·易卜生(1828—1906),挪威戏剧家,欧洲近

代戏剧的创始人。

2019.6.27 于奥斯陆

斯德哥尔摩

别有天涯一境游，清澜浩气接千洲。
随鸥自在重重岛，逐水逍遥点点舟。
诺奖功分争禀赋，鸿才德备竞风流。
斯城上帝尤偏爱，二百年间战火休。

2019.6.28 于诺奖颁发地瑞典
梅拉伦湖畔市政厅大厦

赫尔辛基

半港旗幡半海城，涛声过处也峥嵘。
心为独立争先死，志在自由战后生。

家国谐从人事朗，官民协到政权明。

躬身上帝皆成子，贵贱龛前是弟兄。

注：近代史上，芬兰屡败屡战，争取独立。

2019.6 于赫尔辛基

题画圣吴道子

大匠凡辰志有期，长安笔势震王师。

嘉陵半醉图千峻，洛邑偏狂写九嶷。

剑气萧萧随鬼舞，禅光烁烁照神姿。

天机不绝风流种，仰问新星知是谁。

2019.7.8 于松韵堂

读范宽《溪山行旅图》

大壑狼牙立势生，丹青境与梦同行。
天高鸟绝闲樵语，路险人稀累马鸣。
未入心深何至绝，尝留眼底自经营。
别裁意匠千秋画，全在毫端造化生。

2019.7.5 于北京

怒斥小吏

某官喜余画，约翌日来见。岂料大驾光临时，画兴大发，忘于门前躬迎。

事后，有二三小吏责问，余怒斥其如家奴无异，正事不能为，实属可恶也。

因恶气未殆，遂诌句以绪云耳。

天纵小性任平生，从未门前作奉迎。
鬼话冲冲圆怒目，剑锋冷冷怼狰狞。

身微自有丹青志，名振当随辞赋荣。

宁与庶民同患难，无缘府邸一杯觥。

2019.7.9 于松韵堂

察汗淖耳草原湿地行

重原不尽绿无边，野草花衔落日圆。

远树低撑天角矮，长坡断接岭头延。

毡房白比绵羊炫，牛马声争牧笛传。

戍垒而今休战地，萋萋血色满霞天。

2019.7.17 于张北尚义

过居庸关怀古

独上嵯峨塞外山，野花残冢白云间。

连营壁垒屯幽隘，戍马逶迤绕古关。

岂信狼烟惊国愤，应杀佞色惑君颜。

龙门不拒轮回帝，万里城头几代闲。

2019.7.19 于八达岭

题《黄山松》

身无容足地，一隙忍畸生。

抱石扶云直，穿根破峻平。

倚星长夜暗，延梦几晨明。

岁月孤行处，高风莫与争。

2019.8.7 于松韵堂

苏老八十寿诞致贺

沧桑未改少年真，壮气迎来八十春。

报国清明行有德，为官正直洁无尘。

诗心接驳湖山远,梦脚征从岁月伸。

更向新辰寻妙句,翛然不做老闲人。

注:苏士珩先生为巢湖市诗词学会名誉会长。

2019.8.13 于北京

第二十八渡写生记

京西百里野三坡,共与秋光上峻峨。
浅草黄花依石壁,轻云白鹭绕藤萝。
崎岖岂拒崖头啸,浩荡当从瀑底歌。
寸许心田全是韵,丹青水墨化婆娑。

2019.8.28 于拒马河畔

十渡游

廿载重来访旧村,农家半亩栅栏门。
青畦蔬果攀藤架,碧浦莲花映竹樊。
壁耸回廊连雅筑,阶通曲巷倚幽园。
游来渡口寻安处,水绕桥西一酒幡。

2019.8.30 晚于十渡小客栈

爨底下村即题

环山入仄转狭川,白石荆藤杂草连。
花院幽延多巷道,禅房暗绕几梯田。
京人旧俗春秋过,燕地新风日月迁。
野谷而今成闹市,枫林一醉满霞烟。

2019.8.31 于农家院写生

过百里峡晚途

高峡仰首窄长天，百里川湾满谷烟。
最厌京城人鬼乱，常怀燕壑鸟花缘。
林风萧散催秋晚，山气寒冷落日悬。
夜路艰辛前莫测，心宽一笑过峰巅。

2019.8.31 晚于爨底下村

雨中登国清寺
——应友人嘱即题

霏霏复晓半山秋，老寺沉阴古韵稠。
翠转疏林云叶怅，清匀浅涧水沙愁。
飞甍接殿浮丹桂，挂壁连廊绕画楼。
惜步前贤怜径短，回眸一世几风流。

2019.10.2 于浙东天台山

咏隋梅

　　国清寺有隋梅一株，老干如藤，气冲苍天，有感历代有诗赋颂之，余亦作诗以和。

　　沧桑一树傲寒霄，不尽流光验旧朝。
　　唐宋诗人情自远，明清墨客绪难消。
　　从来气骨多悲怆，更有愁肠绕寂寥。
　　掷句铿锵无再觅，花开独怅为谁标。

2019.10.6 于天台山

中秋吟

　　独步京郊夜色凉，清辉朗照念家乡。
　　犹回老屋空残壁，若见幽篁绕旧堂。
　　苦岁非从人意转，愁心却向月边航。
　　青山万里无相隔，白发天涯只有伤。

2019.10.13 于松韵堂

王一舸杂剧传奇戏曲集《浮世锦》研讨暨共享会致贺

少与缪斯相伴时，芸窗志趣两成痴。
诗心俏丽唐风骨，笔胆雄浑汉韵奇。
翰苑行空天马势，梨园纵揽绵霞摛。
汤门一梦圆他日，新绽牡丹胜旧枝。

注：汤门，即汤显祖。牡丹，即指《牡丹亭》。

2019 年

游西递

西川碧水向西流，四面崇山绕古洲。
巷里青烟萦翘阙，街前紫气罩雕楼。
达官运至传家兴，钜贾鸿通报国忧。
问此桃源何境界，人勤天赐一方舟。

注：西递，别称西川。因三溪由东向西穿村故名。一方舟，地形如舟，胡氏宗祖视为风水宝地（含一帆风顺之意）。始于宋，盛于明清，又称"桃花源里人家"。

2019.10.25 于徽州

孙王阁远眺

松峰阁底众山横，渡口残阳半古城。
柳曲浦堤留旧忆，舟偏渐水绕新程。
嵯峨岂负吟哦累，景色难平笔墨争。
岁岁枫霞迎远客，田园何处不秋明。

注：孙王，传为三国吴主孙权长子孙和，曾贬为南阳王，现孙王阁于旧址新建。

2019.10.30 于屯溪

重游大峡谷

雨后云翻谷底腾，萧萧红叶散秋嶒。
岩悬仄栈惊鹰眼，洞嵌幽亭怯鬼灯。
慎入龙渊愁不住，偏从虎穴意尤仍。
观台仰得三千嶂，一线长天细作绳。

2019.11.1 于黄山西海饭店

题《国清寺古梅》

怡然绝世出崆峒，半罩青云阅古风。
玉蕊魂香融白雪，冰枝气色照清宫。
孤亭韵瘦思诗客，老院情疏念画公。
岂止回眸无见志，前贤过处百年空。

2019.11.26 于松韵堂

周逢俊 《观兰》 2012 年 45cm×33cm

周逢俊 《雨蛙》 2016 年 60cm×20cm

伊朗转程尼泊尔途中题

曾经纸上读波斯,晋始通商货亦奇。
未兑闻思留底色,难消去意绕幽姿。
民情自有揪心恨,政绪何凭废国基。
回首天封朗玛雪,高寒佛国听慈悲。

2019.11.30 于国际航班上

奇得旺国家森林公园

独木舟头急水流,藤萝野莽绕千丘。
红霞映照双茸鹿,白雾迷封独角牛。
象背争眸搜虎豹,鳄前扯嗓退猿猴。
开屏更见飞禽丽,土著门前花满洲。

2019.12.3 于尼泊尔

加德满都

远近连山未出围,双流激汇绕城畿,
街横杂埠邻宫寺,塔立丛薆抵庶扉。
纵旅还兼寻志趣,采闻应拒带心机。
雪山高耸天门外,一片祥云照客归。

注:双流,即巴格马提河与比兴马提河汇合都城。宫寺,故宫,哈努曼多卡宫。新宫,纳拉扬希蒂宫。宫殿于众多寺庙相峙相容。

2019.12.3 于尼泊尔

蓝毗尼问疑
——谒释迦牟尼诞生地

一柱惊闻圣诞乡,方舟苦海渡慈航。
经轮悟得超生死,往世慷承验暑凉。
恶善每朝难断种,庸愚逐代自沉芳。
祈来欲问何因果,佛泽凡尘岂可量。

注：一柱铭，1896年被德国考古学家发现并释铭文。此柱出于阿育王（公元前273—前232）时代，记录了蓝毗尼为释迦牟尼（公元前565—前486）诞生处的确切遗址。

2019.12.4 于尼泊尔

游巴德冈杜巴广场

旧市森森入古城，长衢窄巷路纵横。
皇宫富丽连街市，玉苑清新接埠甍。
御道曾迎孤帝辇，花廊始放万人行。
游来细把光阴读，一叹千年岁月更。

注：巴德冈为16世纪至19世纪建筑群，广场周围有五十多座庙寺和五座宫殿，结构精美，造型具民族风格。

2019.12.6 于尼泊尔

哈巴拉纳

横波一岛路逶迤,往去飞思任我驰。
伴侣催机看宝石,同仁读史识雄狮。
蒸腾雨气浇长夏,拍节涛声兴短诗。
奉客红茶询旧事,当年马可叹新奇。

2019.12.30 于旅途中记

夜饮金沙湾

百步高台入夜阑,歌厅不厌醉狂欢。
航灯闪烁听遥笛,月影清辉眺远澜。
应嘱才情诗意涌,挥毫灵性画思宽。
放怀直到轻无累,酒灌愁肠慰苟安。

2019.12 于湛江

题《老牛图》

　　数十年未曾画牛，有乡友索"牧牛图"，故勉为其难。然童年牧牛于溪畔草滩，其形神犹于眼前，遂笔墨取忆，竟颇得几分似处，殊可诗题卷头。

耕耘从未出山林，老岁春头任雨侵。
惯被农夫催慢步，常为俗客斗开心。
闲思牧下听童笛，快意花前赏鸟音。
最讽庸人装大雅，声声搔耳乱弹琴。

2020.1.2 记于松韵堂

琴　台

依稀故径隔千秋，草木含情韵自留。
一曲弦音惊艳梦，三更色胆造风流。

当垆意在人财得，献赋诚收汉室酬。

也拟青春曾似夜，私奔月下又回头。

2020.1.7 作于成都机场

登狮子岩

古道苍崖兀自高，残宫挂壁固城壕。

臣心不抵千层箭，帝胆终经一尺刀。

窃国训奴成战兽，封金夺主换权袍。

佳人野草沧桑画，千百年间闻鬼号。

注：摩利耶王朝太子卡西雅伯弑父夺权，做了十八年皇帝。为避复仇，将宫殿筑于狮子岩上，极尽奢侈豪华。曾将宫妃画于崖壁间，历1500年保存完好。

2020.1.2 于锡吉里耶

哭江城

——应友人嘱题

疫地春来作楚囚，江城路障滞寒流。
冠魔一怒河山累，天使千叹家国愁。
去鹤空望鹦鹉迅，登楼岂啸木兰舟。
无边暮色连宵雨，不废风澜日夜留。

注：鹦鹉即鹦鹉洲。

2020.2.23 于松韵堂

无 题

乡有恶名为盗夫，荒山富冢探枯骷。
幽通鬼路撩贪吏，暗入神堂抱媚狐。
笑朗奴心躬府邸，愁多鼠眼窥江湖。
私营文物惊天案，入狱方迟未惜颅。

2020.3.9 于松韵堂

清明寄乡思

禁城南望故园春，应约归期梦未真。
楚岭崖花思远旅，京畿苑柳念遥邻。
空凭栏外催愁步，独向楼深隔苦颦。
疫域难熬憔悴日，无边寂寞绕嶙峋。

2020.4.5 于北京

庞贝城遗址

惊魂一爆九天尘，裂裂岩浆溅火津。
疲城入梦安宁夜，怒海冲波肆乱晨。
避骨生前呈永状，贪心死后作添薪。
万谷逶迤销旧址，云深千载罩无询。

2007 年秋记于那不勒斯
2020.4.5 改于北京

游米洛斯岛观维纳斯发现地
——应友人嘱题

翠岛银波出美神，光辉玉立照新辰。
残城献宝卢浮炫，旧地犹荣世界珍。
栩栩娇真张艳骨，灵灵典雅聚清釁。
原疑可比敦煌有，今见方知艺绝伦。

注：1896年在米洛斯岛古卫城阿达曼达挖掘出土。维纳斯即阿佛洛狄忒，代表爱与美的女神。古希腊后期的雕塑杰作，为卢浮宫收藏。

2007年秋于希腊米洛斯岛
2020.4改于北京

希腊神庙

漫步游观雅典城，残垣旧事几番更。
撑天塑柱云头立，破土雕墙雨脚横。

直逮形神传喜怒，还留气骨品衰荣。
时光不舍嶙峋地，千载铿锵质有声。

注：2009 年秋参加"中国画家走世界纵横采风团"游希腊爱琴海列岛。

2009 年秋于雅典
2020.4.3 改于北京

科隆大教堂

势欲凌空独此雄，奇观绝有与斯同。
精工细入纵神助，巧构宏分得鬼功。
过滤灵心冥臆远，遴搜禀赋窈怀空。
曾游四海东方客，惊羡琼楼古城中。

2004 年记于德国莱茵河畔
2020.4 改于北京

梅特奥拉修道院游记

层崖叠筑白云天，老树苍横锁百巅。
涧水回波幽谷杳，岩泉转瀑窄潭悬。
吊楼凭缆鬼无径，封院守城神岂迁。
战地枫红如血艳，丹青一卷展秋前。

2009 年秋于希腊特里卡拉州色萨利区

2020.4 改于北京

重登埃菲尔铁塔

一举青云众厦低，凭空不觉与天齐。
飞尘岂绝眸光远，出世宜销胸路迷。
赛纳波横穿旧阙，卢浮气立绕新蹊。
身高更自分明暗，应赏黄昏绽彩霓。

2009 年秋于巴黎

2020.4 改于北京

巴黎圣母院

西堤古韵登琼楼，塞纳河宽走百舟。

玉壁龛边精细构，神堂塔顶巧宏筹。

更朝轮位加皇冕，窃国转头作帝囚。

多少钟声难警世，空留旧境后人游。

注：西堤，即西堤岛，圣母院大教堂建址。

2009年于巴黎

2020.4改于北京

登阿尔卑斯山

六国连峰百嶂中，凌霄绝世四围空。

大钟雪照横天白，多瑙波霞映日彤。

壮步登高神尚立，轻身驭气梦犹雄。

晨明小镇清妆淡，送旅斜枫一树红。

注：大钟山位于奥地利境内，海拔 3797 米。小镇，即著名的萨尔茨卡默古特湖区小镇。

2004 年记于维也纳旅途中
2020.4 改于北京

翡冷翠游记

云霞伴我艺都行，万里兴游赏古城。
画得天才三巨匠，诗怀大德一豪生。
街宏岂纳五洲客，宫丽难容四海情。
绝技深心争色眼，归来羡叹梦声惊。

注：三巨头，达·芬奇、米开朗基罗、拉斐尔。一豪生，指诗人但丁。

2009 年记于佛罗伦萨
2020.4 改于北京

橱窗女

丽水清城禁地游，同来骚客夜乘舟。
窗前止步千回醉，帘下挑擎几许羞。
隔听莺声撩妩媚，相交月色践风流。
残星照我迟迟影，不胜花容身自囚。

2004年记于阿姆斯特丹

2020.4改于北京

过优胜美地

从洛杉矶往旧金山途经约塞米蒂国家公园，雪谷奇幻，罕闻雷鸣。

空凝雪谷连峰白，巨石冰杉俏玉条。
罕听惊雷回异域，讶闻跳鹿过高峣。

深玄欲暗风迷暮，陡曲争幽路掩迢。
大壑曾经千万旅，愁过夜境测前标。

2002.12 记于加利福尼亚内华达山脉西麓

2020.4 改于北京

好莱坞游记

年少遥思逛影城，好莱坞里梦重生。
超凡问境神心撼，立异询机鬼意惊。
绝技先成天作范，真功已就世称英。
无分国界与肤色，敢试风流竞有声。

2002.12 记于洛杉矶

2020.4 改于北京

题科罗拉多大峡谷

——凯巴布游记

高原裂隙野风横,浩莽波澜势可惊。
凿石穿云谁共古,分崖转日问交庚。
层埃细裹侏罗趣,叠水开封白垩生。
印第安人何处去,残阳赤壁照新程。

2002.12 记于亚利桑那州

2020.4 改于北京

高家台雅集即题并诵

岩居小住白云深,一挂清泉谷底沉。
树惜迟花征客句,山欣晚鸟对村吟。
斜阳色暖千屏画,落月光迷万籁琴。
径往桥西迎旧友,门前拥我入高林。

2020.4.30 于太行山

周逢俊 《虎跳峡》 2022年 45cm×34cm

周逢俊　《墨梅》　2012年　138cm×34cm

夜宿南湾村晨记

荒鸡啼晓色，鸟语卧床听。
炊女操厨味，馋猫嗅灶腥。
林云穿古嶂，涧水绕苍屏。
弟子山亭去，悄悄过后庭。

2020.5.6 于太行山石板岩

崖壁上写生即兴

入夏清荫爽，风扬乱絮飞。
楂花堆白雪，雉鸟炫红腮。
雨过传幽瀑，云闲露远嵬。
孤峰寻危路，妙境上高台。

2020.5.6 于太行山石板岩

洪谷子隐居处

林滤山幽鸟愈鸣，烟丛潆潆水环生。
回廊接壁含萧寺，曲径沿溪避古茔。
翠翠蒸荣花点点，晶晶溅碧露清清。
丹青北立开新境，一悟千年气势宏。

注：洪谷子即荆浩，生于唐末，卒于五代，后梁时期因避战乱，曾隐居于太行山洪谷，故自号洪谷子，被尊为北派山水之祖。

2020.5.15 于太行山

丁汝昌纪念馆题

烟波皓月入空明，战地今宵照古营。
烈舰焚愁沉甲午，腥刀饮恨溅长庚。
衰朝不举雄才志，劣政常封奸佞荣。
报国舍身迎劲敌，沙硝弹弹是虚声。

2019.7 作于威海刘公岛
2020.5.24 寄赠丁汝昌五代孙丁昌明先生

游禅林寺

久闻禅林寺古银杏，今与诸弟子前往写生。

栗花扬穗秀山前，露角朱墙古寺边。
老木横空神有势，残碑立隙志存坚。
殿头念佛禅音渺，龛下焚香客话圆。
问得隋唐留旧梦，依然钟鼓续尘缘。

2020.6.1 于遵化

无　题

闻乡下叔侄欲摆地摊，忽忆当年余于城镇街头做流浪艺人，便感叹世事往复，而今老矣，沧桑一瞬，遂有诗曰：

卖画曾经摆地摊，街前夜半北风寒。
翘臀匍伏描云虎，低首躬从画浪蟠。

赴梦非知红海血,逢春又向浊川澜。

小康或解千元累,城角谁怜买卖难。

注:六月一日,总理李克强在山东烟台市考察时表示,地摊经济、小店经济是就业岗位的重要来源,是人间的烟火,是中国的生机。李总理在报告中提到:中国有六亿人月收入只有千元……

2020.6.10 于松韵堂

双子塔远眺

攀高不易抵标难,阊外云腾禁入端。

睇影尘飞人路窄,听声气荡雁途宽。

五洲一对天支骨,四海无双日作冠。

绝顶留谁怀远意,欲穷千里独凭栏。

2011 年记于吉隆坡
2020.6.14 改于松韵堂

大皇宫观后感

玉壁金屏晓日开，回栏幽转绕楼台。
佛堂每被游人扰，花苑又逢时雨催。
咫尺宫丘揆短促，百年成败测多灾。
莫羡君家呈锦绣，天堂地狱莫须猜。

2011 年记于泰国曼谷

2020.6.16 改于北京

新加坡游记

岛是游园国是城，琼楼四面赏涛声。
诗心兴转驱车慢，画意豪巡放步行。
有景何须讶市小，多情哪得嫌花明。
春风合梦纵思远，妙处无言韵自生。

2011 年记于新加坡

2020.6.17 改于北京

莱茵河荡舟

山回翠谷水连烟,红白林花炫眼前。
老渡崖边屯古堡,残垣栈外挂幽泉。
双艇切浪斜飞舵,一石分流转急舷。
远眺城池浮妙景,朝阳熠熠照蓝天。

2004 年记于德国西部北威州

2020.6.19 改于北京

夜游威尼斯

霓光魅影梦游城,浪里星花次第生。
玉壁经潮浸古韵,琼楼过楫荡风情。
轻波漫赏晶莹碎,隔岸争观潋滟行。
婉拒街前赶闹市,一宵竟走百桥横。

2006 年记于意大利

2020.6.21 改于北京

金门大桥

分潮合势吼声道，一堑高横南北洲。
筑梦天非鹏鸟占，开航海有舰艇游。
风传夜笛星光灿，雾失晨虹鹭影稠。
两岸东西同日照，太平洋上共春秋。

2002.12 记于旧金山

2020.6.22 改于松韵堂

游大散关

清姜水激锁云头，太白峰高秦岭幽。
隘口悄留尹令客，陈仓暗度汉王侯。
秋风弹剑抒悲愤，冷雨催舟诵苦愁。
塞上烟尘埋古道，残阳祭血过关楼。

注：关中四大名关，东函谷关、西大散关、南武关、北萧关。清姜，即清姜河。太白山，秦岭山脉最高峰。传"老子西游遇关

令尹喜于散关",授《道德经》一卷。"明修栈道,暗度陈仓",汉王经大散关入秦。"楼船夜雪瓜洲渡,铁马秋风大散关",陆游句。"长风送客添帆腹,积雨扶舟减石鳞",苏轼句。

2003年秋记于宝鸡

2020.6.23改于松韵堂

徐渭故居题

朝争误入志难期,落拓轻身人笑痴。
信手宫商词曲妙,随心笔墨画书奇。
才高亦被天常妒,骨傲非能日共宜。
纵到残身言也直,真情仰作后生师。

2013年记于绍兴

2020.6.24改于松韵堂

五丈原

——应诗友嘱即题

登临一兀万塬开,多少沉思带不回。
渭水难圆刘主梦,秦川却固魏王台。
神机不抵天机运,气数长销命数催。
六出祁山唯报国,荣衰竭尽一人才。

2003 年记于宝鸡市

2020.6.27 改于北京

游钓鱼台

——访姜子牙垂钓处

双崖合韵一溪流,苍柏森森古道幽。
昔弃朝歌去孺妇,时从石涧钓君侯。
青云有约齐天志,紫气先传得道酬。
国运兴亡延八百,机缘都在此山丘。

2003 年记于宝鸡陈仓区磻溪之畔

2020.6.28 改于北京

茂　陵

豪丘汉冢势非同，数十年间费匠工。
有幸黄泉萦玉殿，无缘黑土隔崆峒。
重门宝库愁贪帝，厚椁金身诱盗公。
一转空陵遗梦短，孤魂陌上起悲风。

注：茂陵为汉武帝刘彻陵寝，霍去病、卫青等墓陪守左右。东汉战乱时茂陵被董卓、吕布所盗，尸骨曝野，后仍有盗墓者不断。

2003 年记于咸阳
2020.6.29 改于北京

镇海桥

闻七月七日屯溪 500 年老桥毁于洪流。

惊风急雨过黎阳，横率洪头一汇狂。
裂岸先将催渡口，封城却已断河梁。

街头浪涌传翻埠，屯浦云飞掩塌墙。
夜泊诗舟随梦远，青山郁郁是忧伤。

注：镇海桥，又名老大桥、屯溪桥，建于明嘉靖年间。横率，即横江、率江，两江汇合于此。屯浦：新安江屯浦古渡。

1934年5月郁达夫夜泊新安江，于老大桥下的船舱里写下名篇《夜泊屯溪记》。

2020.7.8 晨记于松韵堂

登嘉峪关

西出祁连第一关，流沙戈壁万重山。
平丘崛起孤星亮，要塞长存落日悬。
古道犹言征战累，残城可记戍边还。
丝绸路上驼铃夜，千载悠悠风雨间。

2020.7.12 记

祖源村

连峰接翠白云间,涧里听幽水自潺。
岁韵徐销浮静气,秋风劲扩显苍颜。
新园画壁遮孤影,老屋雕梁续旧斑。
美丽乡村传美丽,几家垂泪夜偷潸。

2020年秋于休宁溪口

鲁迅故居题

任他烟云几变更,铮铮傲骨岂轻名。
岩溶野草焚衰世,血蘸馒头祭病生。
眼过思芒穿黑暗,心从笔势寄光明。
孤魂去后多灾难,华夏嗟无呐喊声。

2020.7.11改于北京松韵堂

敦煌月牙泉

驿下芦花淡淡烟，西行税驾月牙泉。
七星灵草开唐药，五色飞沙拨汉弦。
域外云深风测距，关前路远日揆悬。
戎商代自传甘露，对酒胡天话古贤。

注：月牙泉长满七星草，非常神奇，有止血利尿的功效。五色沙，专指月牙泉鸣沙山沙砾，呈五种颜色，晶莹透亮不染尘。

2020.7.13 记

游直隶总督署

高堂禽兽绕龙神，戾气难消旧迹陈。
颓废江山争腐败，谦躬府邸敛金银。
民穷逼死敲衰骨，国贱妆荣挑媚颦。
签约奴才招国骂，可怜故老畏人臣。

注："故老"句，即指李鸿章，曾为直隶总督府最高掌权者。

2020.7.18 记

藜藿吟

闲与小孙子周天天路旁采野菜，其名藜藿，俗名灰灰菜、灰一条不一。余六岁即尽识山中可食物产。饥荒时期，九死一生，赖野菜汤果腹而保命。今见"恩菜"云云，不禁悲从中来，故吟之。

杂与芜蒿野地头，曾怜末日解娘愁。
檀梢未嫩和汤煮，榆叶还苍拌粉揉。
赴死阎前挣饿鬼，煎生狱下活骷髅。
山皮啃尽无余食，百里空村落叶秋。

2020.7.19 傍晚记于路边

巢州泪并序

闻为长江减负，昨日，巢湖开闸泄洪腾容，淝上一片泽国。故乡的父老乡亲，在大灾难前，选择放弃家园，天地为之动容……

江湖合势破巢州，大泽城乡水肆流。
坝外鱼虾冲老庙，街前稚叟渡残舟。
阴云讵解民间困，暴雨偏淋子夜囚。
不尽唏嘘无静日，此心只向故园愁。

2020.7.22 凌晨记于北京

答友人

平生自在是精神，敢向言行讨本真。
画意空灵传境界，诗情浩荡接星辰。
心刀未钝刚成快，眉骨张弓义可伸。
无缘侍酒王侯宴，寻常更不做庸人。

2020.7.25 晨于北京天通苑

立秋登吟

未必悲秋识此秋，心随故国大江流。
逶迤惯赏千寻步，坎坷偏欣万里眸。
岁像深沉埋旧路，时光浩瀚泛新舟。
枫红直到河山醉，赋得高歌不许愁。

2020.8.7 晨记

都江堰游记

朝阳朗照一川开，万壑涛声九曲回。
凿壁君臣多幻梦，离堆父子尽奇才。
田园锦绣归巴蜀，天府繁华接堰台。
便自分澜成异景，千年稼穑未闻灾。

2020.8.9 记

襄阳怀古

江流几度逐空城,日驾云回气象更。
荆楚辞风三国绪,巴川赋韵六朝铿。
兵戎转战轮奴主,社稷分崩赴死生。
欲向黄昏澎湃夜,听他裂岸起潮声。

2020.8.10 记

青城山

白鹭青山绕树飞,清泠古观旧篱围。
川西妙望冰峰瘦,岭上幽听谷雨稀。
堰水波回情自畅,岷云气荡韵相依。
大千难解须弥地,谁见天师露此机。

2020.8.8 记

宋玉故地行

草木轻寒带露行,烟舟击节送航程。
江山索影环新邑,岁月回光照旧城。
屈子悲怀传楚韵,巴川壮绪颂骚名。
魂归莫问桑榆地,雁过高秋风雨声。

2020.8.13 记

访襄阳米家

城外田园汉水边,风荷淡淡度轻烟。
溪桥入柳吟松醉,巷陌穿花拜石颠。
笔墨功成千载魄,诗文法自几朝坚。
缘来忆转无为县,勤我当年谒此贤。

注:米芾曾担任安徽无为县知军,无城遗有米公祠,余在青少年时常去拜谒。

2020.8.18 记

谒诸葛茅庐

——应诗友嘱题

穿篁带雨古隆中，落叶秋风意可融。
三顾开疆谋一蜀，千回赴命侍双公。
宫前逆众常招妒，帐下勤多每自躬。
五丈原孤叹梦短，出师犹憾未初衷。

2020.8.18 记

武当山游感

——兼观武术表演应友人嘱题

独拔奇峰仰止间，流云遥隔九重关。
唐钟入楚张声色，汉柏穿宫绕筋颜。
剑舞凌霄尊古训，拳飞旷野弃愚顽。
登高壮立威名地，宕我诗锋气若山。

2020.8.19 记

碧云寺即兴

清泠朗日小匀秋，未见栌红半点稠。
塔外连峰环寺静，龛前对柏绕亭幽。
神眸阅尽荣枯事，阁笔勤修生死谋。
六百年间香火旺，人妖一样各争流。

2020.8.21 于北京

神农架探幽

连天翠绿白云深，谷底犹寒入暗林。
细辨迷踪疑有得，追听幻影似无寻。
高岩断雨张秋菊，大瀑轻烟衬晚禽。
绝路曾闻经怪兽，过冈不敢入森森。

2020.8.22 记

北海公园怀古

游来北海小西天，玉苑廊桥百亩莲。
白塔孤生新气象，金宫独显旧时妍。
夕阳憔悴愁霞晚，秋月苍泠怯露悬。
万寿宫前凋故柳，无边风色梦如烟。

2020.8.26 于北京

秋游香山

京西一醉满山秋，待到霜风韵更稠。
栖月崖光枫色暗，听松寺夕鼓声愁。
财人集炫添豪冢，贵胄分幽筑梦楼。
黄叶村前多曲涧，飞红点点水悠悠。

2020.8.28 于北京

游恭王府

阊里芳园接柳荫,西岑玉液入池深。
清留两海三山气,静注双龙五世音。
殿下荣归安可命,君前谦顺忌贪心。
营私不足运难测,剑拭权臣代不禁。

2020.8.29 于北京

菜市口祭六君子

参加"全国画家画北京"活动,经菜市口,立于当年六君子就义之地,忽心生悲怆,遂题诗以祭。

秋风一啸溅斜阳,血色京门照国殇。
旧市杠枷辞远志,残宫遒笔判强梁。
鬼头刀影争看客,刽子手腥诱饿狼。
黑暗无边哽咽雨,鸣鸦乱处起仓皇。

2020.9 记于北京

银屏仙人洞题

重游楚岭上高秋，白鹳颉颃百里洲。
山萧落木崖初瘦，穴漏听风水若愁。
倦旅游来怜破庙，沉思忆得惜残丘。
嗟叹不见儿时趣，石径鸣蛩入古幽。

2020.9.12 于故乡

白岳雾雨

岁在庚子秋，余与诸弟子登齐云山写生，连日风雨，晦暗阴寒，适逢太素宫道场做法，钟鼓齐鸣，人声鼎沸，但闻其声，不见其踪影，盖云苫雾罩也。

虫鸣鼓荡汇秋声，松石岩岩百绪生。
梦浅迷非晴又暗，觥深幻得醉难明。

长思往世新尘转，不意留心旧景萦。
风雨连宵无尽日，朦胧隐处断高城。

2020.9.17 于齐云山月华街

雨中登白岳顶

欲下阴深谷雨多，风云乱象绕嵯峨。
幽阶复远沿蹊上，危嶂迂回策杖过。
猎隼追眸争峭壁，蓬莺亮翅度藤萝。
登高更望苍山渺，直到云头听浩歌。

2020.9.23 于齐云山

游源头村并序

溪口向西百转，始上旋云崖壁嶂，晌午方至源头村。村后有瀑，九曲迂回流于横溪，有率水合澜以壮新安江之远志，故名源头。

凭栏远眺，此正立于皖赣界地，仰天地之壮阔，感人生之渺小，不胜慨叹矣。时有徽乡老友世平兄携手，徒生侍侧，一路逶迤，目不暇接，遂有诗以志。

云头半隐几人家，危壁苍苍老树斜。
竹外炊烟长隔世，松中涧水久围笆。
桥分南北穿疏户，栈立高低接远涯。
惊犬不知城里客，倚门高吠绕村娃。

2020.9.28 记于休宁县

雨中游呈坎

歙外南行转九弯，潇潇百里洒乡关。
芙蕖憔悴余苍色，嘉木凋零剩浅颜。
窄巷幽龛嵌旧迹，孤祠空壁结霉斓。
黄花欲掩沧桑事，尽散秋香山水间。

2020.10 于徽州歙县

白沙湖偶感

连山雪嶂接千屏,夕照崖间赏野羚。
碧水云飞留镜影,白沙风动变坡形。
闲猜谷底封幽异,欲窥岩头显诡灵。
测转纵横千里夜,清辉域外满星星。

2020.10 记于帕米尔高原白沙湖畔旅行车上

中秋夜吟并序

是夜,一轮朗照,独与流光徘徊于古渡廊桥间。旧垒荒陈,前贤安在,惟青山月影依旧,予人以无边怅惘。昔苏子泛舟,赤壁遥影,彼月即此月也,仿佛古今只在须臾一叹。悲乎,人生坎坷,转瞬百年,故大千空空如梦,问几者能释怀矣。

清宵玉色净如霜,陌上秋萤山径长。
碧野纵眸思远旅,晴空带绪度孤航。

伤非月影东坡醉，逸并花香太白狂。
若问愁心多少夜，无边惨淡是诗殇。

2020.10.1 夜记于屯溪

三河镇怀古

岁在庚子秋，余与少年同窗窦唯奇相约三和镇一游。

战地沧桑又百年，红潮劫处胜硝烟。
湖山几被风云改，巷陌多从世事迁。
怅望惊添孤意冷，愁思怎耐短宵煎。
凄声白雨过荒渡，古镇潇潇黄叶天。

2020.10.4 于巢湖

胡 杨

欲暮惊声数点鸦，寒潮漫卷暗尘遮。
沙舟绪梦驼铃寂，羌笛愁星马队斜。
骨韧冰霜摧岂折，身坚霹雳毁重华。
沧桑更识风云变，独照秋空焰若花。

2020.10.12 于新疆塔里木

克孜尔石窟

登明泥塔格山游千佛寺，得悉汉魏至唐宋有窟八百余，凿于天山丝绸之路侧，可与敦煌一比。清末内存文物被英国探险家斯坦因窃取，后又遭美国、日本等冒险家先后抢劫一空。

西行旧事没沙丘，远近苍山野草秋。
星月雁斜穿栈道，风霜马急走丝绸。

唐添富丽龛尤盛，国到衰亡佛已休。
万劫空存千古色，游来对此几人羞。

2020.10.14 记于南疆

重阳寄故老

登高不觉又思乡，日下南巢几许凉。
闭户愁听槐叶落，游原苦咏菊花黄。
孤杯素酒支秋夜，几卷残书过夕阳。
热血不知筋骨老，情真竟向笔中狂。

2020.10.25 记于松韵堂

晨观乔戈里峰

灿然一笑绽云空，独立威兼万象融。
傲上昆仑无对峙，谦从朗玛亚成雄。
玲珑质比晶星透，闪烁情如旭日彤。
登者缘何难入梦，崇高境界几峰同。

注：乔戈里峰海拔8611米，为世界第二高峰，仅次于珠穆朗玛峰，而其攀登难度一直固于榜首。霞光中两峰如玫瑰花开放，闪烁神奇。

2020.10 记于新疆塔什库尔干塔吉克自治县

盖孜谷口

过天山至帕米尔高原关隘。

望处山高白雪封，风声鬼啸拒人踪。
思乘杳测苍穹短，梦去难揆玉宇容。

铁骑横行纵汉虎，刀枪破入恣元龙。

荣衰不计兵戎累，过客闲聊无将庸。

2020.10 记于新疆

香格里拉晨记

雪花轻夜入城飞，到晓晴开耀廓围。

白塔经幡迎客舞，琼楼信鸽送朝晖。

峰高筑寺延金顶，栈险修栏接玉扉。

欲上天堂谁慰暖，僧人为我备寒衣。

注：香格里拉海拔3200米，初来因缺氧头痛，雪霁天气异常寒冷，我们坚持去野外写生。

2020.11.23 于香格里拉

长江第一湾即兴

惊腾怒转大回湾,两岸重重山复山。
汉将横波争鼓镇,元兵急筏抢江关。
诗途未拓前贤路,画境犹封今我攀。
往事风流无迹象,潮前独立壮苍颜。

注:诸葛亮、忽必烈大军都曾在石鼓镇渡江。

2020.11.27 于丽江

丽江行

不知街巷几纵横,游客花间满古城。
商埠争功朝拒挤,酒家竞技夜还觥。
回眸彝女廊前笑,仰首玉龙雪域明。
那岁偷欣妆最靓,今嗟挽臂伴夫行。

注:玉龙即玉龙山。

2020.11.28 夜记

周逢俊 《萨尔图湿地写生》 2012年 45cm×33cm

周逢俊 《虎跳峡写生》 2022年 45cm×34cm

游苍洱

初来城外写樱花,蝴蝶泉边草木华。
夜赏苍山千嶂雪,晨观洱海几帆霞。
先秦故邑传风色,南诏遗宫化艳葩。
醉得田园居小墅,游人月下话篱笆。

2020.12.5 下午于洱海古生村写生并记

双廊镇之夜

一湾分岛共斜阳,次第街灯照乐坊。
月亮宫前寻倩影,明星驿下问馨乡。
花船彩烈传歌舞,柳渡缤纷绕酒航。
读罢回眸惊丽水,风波入夜暗来香。

注:月亮宫,原为著名舞蹈家杨丽萍的豪宅。

2020.12.11 夜记于洱海

登苍山

十九云峰十八溪，标程都向最高齐。
清华寺静松风韵，寂照庵幽月影迷。
壑角声旋流水下，崖棱气暗挂冰低。
樱花色入诗人眼，胜地行吟日已西。

2020.12.18 记于大理苍山大峡谷清碧溪头

观电视剧《大秦赋》愤题

秦魂绝地又逢辰，一统江山碎万身。
百代轮番传帝志，千城数易造宫神。
阉奴怯怯躬衰骨，色伎妖妖挑媚颦。
血溅苍生无限岁，高歌暴戾效先民。

2020.12.22 于大理至北京的航班上

临米芾《蜀素帖》

千家几易晋唐风,独有南宫不与同。
腕抵幽玄难测幻,胸罗浩瀚自行空。
兰亭得势丹青秀,汉水兼融楚韵通。
立雪门前犹恨晚,寒宵读帖半衰公。

注：汉水于襄阳米公祠前流过。

2021.2.3 夜作于松韵堂

临《洛神赋》帖题松雪道人

书争筋骨画争神,晋下迎风自出新。
金石兼修才艺绝,诗文并茂性情真。
勤宫莫哂谀元主,累牍何嘲效宋臣。
不禁流芳传有志,承前欲问几同仁。

2021.3.3 于松韵堂

王羲之《远宦帖》等五种临后题

古韵残陈叙有声,笺笺易主几朝更。
锋端握鼎还飘逸,墨底游龙仍气横。
此累王侯争百世,该嘲商贾斗千莹。
当年帝子藏无露,一展真容惊古城。

2021.3.7 于松韵堂

临《兰亭序》

一炷清心净俗尘,躬身堂下拜书神。
修功法自天酬志,尚学勤当代有新。
腹笥撩情传丽赋,毫端恣意醉流津。
兰亭不废承今古,多少王孙问果因。

2021.3.10 于松韵堂

题《秋山寻胜图》

　　长安大隐南川兄移居秦岭以诗酒自娱,曾邀请余雅室做客,一别十年矣。日前故地重游,恍若隔世,感叹时光不再。归来嘱余画其辋川家园,因独爱秋色故有此景,并题诗以志。

　　九曲轻舟泊后山,秋枫灼灼绕村湾。
　　开眉颇羡崖头韵,仗步尤怜岭上闲。
　　不许愁心伤冷月,偏张醉眼怅幽关。
　　画僧留我搜峰句,一啸长风云水间。

2021.3.19 晚记于关中

陇上行即句

　　西行驿畔柳梢黄,早杏斜风过院墙。
　　野岭轻岚听水动,遥岑积雪见云扬。

欣游陌上多裙色,悦赏林深蔓草香。
只信江南春入梦,谁知秦里是仙乡。

2021.3.25 于秦州记

再过杨凌

辛丑年仲春余应邀游关中名胜,经咸阳入成纪(今甘肃静宁县),过马嵬驿,一路诗画同旅。

曩者曾游此凌,并存江城子词一阕。今太真亭应诸诗友嘱即兴再命七律感怀。诗曰:

春头不似旧年游,老步山南绕艳丘。
戮地残阳流国色,惊城戍火照君羞。
宫前最宠时光秀,冢上偏芜岁月愁。
几易秦川留古栈,犹听马践踏寒秋。

2021.3.27 于咸阳

晨登麦积山

寒星孤野晓澄空，日出丹崖半壁红。
翠里樱霞缠白雾，香间柳色绪幽风。
争春鸟比人先得，作秀花前蝶自融。
小路苔新缘草浅，谁曾一念入崆峒。

2021.3 于天水

游伏羲庙

朱门旧苑未花时，古柏扶疏鸟影迟。
太极天高遥圣意，玄黄地厚隔先知。
人神善恶心多变，日月阴阳志有移。
尘世虚无猜不透，人生来去问无期。

2021.3.28 于天水

重游南郭寺

南山寺北古秦州，雨过烟花气色稠。
老柏扶生支瘦骨，残龛佑世接荒丘。
军爷系马刀长啸，诗客栖身韵更愁。
莫问沧桑多少事，枯荣依旧复春秋。

注：军爷，传说隋唐大将军秦琼曾拜谒南郭寺，系马于门前槐树下。诗客，杜甫为避战乱，辞官举家入秦州住南郭寺三个月之久，靠采药、食野菜生存，作《秦州杂诗》百余首。

2021.3.29 于秦州

题昭陵

九嵕山势镇咸阳，俯望长安座帝乡。
国尚臣明纠腐政，宫迎客满纳新章。
华灯狄舞胡歌恣，陈酿蛮诗汉韵狂。
共与贞观营盛世，清风明月照松冈。

注：昭陵为唐太宗李世民墓。

2021.4.3 于咸阳

清明寄

西行连日雨，岭上度寒宵。
野地花明秀，苍崖草色娇。
松冈萦静寂，梦境接清寥。
家祭询归路，回望万里遥。

2021.4.3 晨于秦州

黄公望故里行

平阳城外谒黄公，雾里溪山雨意蒙。
欲辨迷茫无远近，犹思困惑觅西东。

生逢乱世何归处，老至穷期寄去空。
直到衰身扶画笔，功名一竖富春同。

注：平阳为黄公望少年时的故乡。富春，即富春江，黄公望遗有名作《富春山居图》，裂图分别收藏于浙江省博物馆和台北故宫博物院。

2021.4 于南雁荡山下

登南雁荡山

萋萋草碧一溪澄，雨后晨光日色蒸。
渡上浮花萦水浅，山中叠翠积云深。
骚人筑壁星如梦，道士屯峰月若灯。
世外钟声何远测，清风万里越高层。

注："骚人筑壁"句，会文书院高筑于华表峰下，为陈经正、陈经邦兄弟读书处。此集道家的"三台道院"、佛家的"观音洞"、及儒家的"会文书院"于一山。

2021.4.17 于温州平阳县

楠溪书院

——应南溪书院周建朋兄嘱题

箬风和翠簇山楼，独有桅峰韵自稠。
雅室挥毫留墨客，清溪接韵醉花丘。
循非曲径怜孤隐，道有骁车畅远游。
大任天酬勤可志，他年约此更风流。

2021.4 于楠溪江桅峰村

谒会文书院

山门一洞数峰间，妙境连堂古木环。
墨苑春来花若旧，书楼梦里玉如颜。
曾遗坎坷前贤路，应接迂回绝顶攀。
肯抵余年勤远志，凌霄仗步上云关。

注：会文书院高筑于华表峰下，凿石穿洞，幽雅清净，为宋代理学家程颢、程颐高足陈经正、陈经邦兄弟读书处，朱熹曾慕

名率弟子在此讲学。

2021.4 于南雁荡山

梅雨瀑亭雅集

百岭幽回一径深，车行晓雾过空林。
晴风日上山倏朗，杳瀑云低谷渐阴。
岩底坝横鱼影浅，涧头桥曲鸟声侵。
香亭煮茗听琴色，诵我新诗酒满斟。

2021.4.20 于南雁荡山

雨中访山家

步入云关山几重，东南屏障雨随风。
秋藤蔓裹孤僧道，迟卉香飘百鸟峰。

挂壁楼悬三五户，披崖瀑落万千松。
竹溪门外迎佳客，酒备堂前待画公。

2021.4.23 于南雁荡山

石桅岩

孤身壑立万山中，白鹭滩头古木丛。
乱石穿云形漠漠，斜松挂瀑意蒙蒙。
朝闻雨歇虚虹影，夜赏星移幻梦空。
只秀高桅无远志，缘何能与大潮融。

2021.4.28 于楠溪江

北雁行兼游永嘉山水随笔

南雁峰回北雁行，连屏百里水风清。
云溪境向丛林窈，雨瀑居从固垒更。

辈得学人诗径妙，朝争才子塾门荣。
贤踪问往春深处，花草多情带笑迎。

2021.5.1 于雁荡山

鹤阳访谢家

  谢灵运任永嘉太守时，常作蓬溪鹤阳游，流连吟哦、盘桓啸歌之际，永嘉山水遂赖永嘉太守为天下识。据传，鹤阳为谢家嫡传后裔聚落，山涵水养，诗人辈出，有不许太守专美之概。而今田园新墅，构筑造境唐突违和，山水之间鲜见古风之趣，可不惜哉。

天开晓雾半山筠，石径村回绕碧津。
纵绪依寻多往失，伤怀不见竟遥陈。
循非古意营亭阁，筑有风情拟汉秦。
花木犹怜思旧地，诗心绽放故人春。

2021.5.4 于楠溪江

夜宿林坑

一涧双流峭壁间，高岩妙筑夺天关。
层楼对峙幽篁掩，小径分铺古柏环。
占得清风诗与月，争休浊绪画和山。
悠听万籁怜宵枕，几作悲欣几泪潸。

2021.5.6 于楠溪江

暮游大港头

昨日瓯江丽水游，清泠暮雨荡轻舟。
移山接媚连峰翠，越野摇情遍树稠。
画入黄莺添俊俏，诗融白雾显风流。
双荫亭上谁先醉，万户灯笼夜古洲。

2021.5.10 于丽水大港头古镇

题画《秋雨吟》

乱绪偏逢落叶侵，凭栏郁郁意难寻。
乌林聒晚回风劲，花苑听残积雨深。
未济蹉跎嘲傲句，无聊倦怠忌愁吟。
曾为潜志压弯骨，最怕秋声泪湿襟。

2021.5.21 于松韵堂

过紫竹苑

重来旧地尽豪新，花木琼楼绕古津。
雅室门幽穿凹凸，清园路断转嶙峋。
官商出入圆贪梦，笔墨高低造欲神。
十八年前曾一叹，李黄过后待谁人。

注：十八年前笔者为国家画院首届高研班学员。李黄，即李可染、黄胄先生。李可染曾担任首届中国画研究院院长，中国画研究院后被更名为国家画院。

2021.9.11 于国家画院新楼

周逢俊 《秋光》 2015 年 50cm×50cm

周逢俊 《武陵源》 2023年 180cm×97cm

应邀出面央视书画频道有怀

  岁在辛丑中秋之际，央视书画频道《一日一画》栏目组邀余主讲当期节目计十五集，余欣然应允。然此授课，固有成规，范式拘于时，厄于案，一时腕底，一时对说，亦步亦趋，周而复始，因唯恐囿然不达，期末收束，返思喜忧参半，是以有记。

  岂敢屏播上讲坛，因嫌小技不成观。
  才贤笔墨流风畅，学子丹青造梦难。
  少恨书山无一径，衰疑砚海有宽澜。
  纵横笑侃娱人易，贻误后生心未安。

2021.9.28 记于演播室

运河畔与儿孙游记

  金风越野共秋阳，十里游园草木香。
  白鹭低回芦絮漫，红枫摇曳菊花扬。

诗心寄莫青山远，画意寻非丽水长。

满是思怀疑近得，他乡即景说家乡。

2021.10.23 于京东郊外

致钢琴才子

近闻李云迪即将前往耶鲁大学音乐学院接受终身教授延聘（消息未经证实），惋惜之余不无可去之忿，是为志。

琴窗一键感天酬，苦练炎寒十指道。

四海闻声寻俊杰，三江聚气得风流。

登高忽阻凌云路，赴远偏遭漏雨舟。

从此巫山神女渺，思乡夜夜梦渝州。

2021.11.2 于松韵堂

雪夜吟

白絮清宵照玉京,飞寒过处弄凄声。
孤梅北上芳犹绪,羁雁南望唳若铿。
拒梦愁心争晓色,翻书倦眼傍灯明。
听风更觉云天暗,老步凭栏怅远程。

2021.11.7 晨作

运河畔晚林访友

疏林归鸟急,浅水夕阳分。
落木留诗韵,遥山入画云。
城深灯次第,路曲月初闻。
宠犬先迎栅,君忙过翠筠。

2021.11.11 晚记于京郊

央视转播 2022 年维也纳新年音乐会观后记

金壁华堂音色香，心先慰我沐青阳。
飞思蝶入三春暖，快意鹏张九宇翔。
日对冠魔难解恨，时销乐棒暂平伤。
愁情总被琴声累，冷夜方知苦梦长。

2022.1.1 于松韵堂

与周天天周晓白雪中戏作

闲时乐与两孙亲，每到疯玩累老身。
小计双攻追坎坷，穷谋独战绕嶙峋。
花拳怎敌千番扰，朽骨犹疲几被驯。
败作冰雕高八尺，功成抱叟说真神。

2022.1.22 于兴惠园

临金农《相鹤经轴》等帖有感

律到轻松也自由，重修筋骨笔锋遒。
规求方正藏奇拙，缚作短长敛巧谋。
屈铁孤横传亘古，锥沙冷立共苍丘。
风流暗合前贤趣，谁说晋唐已尽头。

2022.2.5 晨记

闻铁链女即题

忽闻一链锁青春，拍碎几头问罪因。
同化先谋人造魈，传宗继辱鬼缠身。
摧花未得朝阳暖，落叶频遭暮雨轮。
朗朗大千天角暗，汉家故里不须询。

2022.2.8 于松韵堂

时局有感

缘何笑助战争狂,不忍华年赴国殇。
弹啸飞星争故地,城崩落日寄他乡。
残旗血野寻封骨,乱燹烟硝照断肠。
痛向春寒追旧忆,曾经一样度哀伤。

2022.3.1 晨记

题柳杏花雨图

  小镇渡口"江南人家客栈"老板之友向喜余画,欲求多年不得。壬寅之春诚邀余观赏柳渡杏花,更言春宴以待而同行好友悉数听便。余久闻其才子配佳人,歌者共舞者,自是欢喜,岂敢拂美。席间酒行数过,余不胜酒力告止,被主人处写古渡春景一扇之罚,细柳与舴艋是命,女主人追说怎可少得一树杏花。余欣然援笔应命。画毕意犹未尽,诌句四韵,聊博一笑。

春堤柳杏韵初稠,柳忌婆娑杏忌羞。
各占东西争色舞,难分上下竞风流。

纵情又恐花含泪，欲爱尤怜絮带愁。
云雨夜来惊细浪，缠绵却醉一孤舟。

春　雪

城雪听寒北漠风，流云暗自九天同。
深宵怅入春头远，白昼愁回梦里空。
莫测冰凝添乱绪，尤思寂寞困孤鸿。
梅梢苦肯坚香骨，直到花开比血红。

2022.3.19 晨记

木斋文集读后题并序

　　廿年前看央视《百家讲坛》听木斋教授主讲"唐宋词的演进"，先生大号学养遂铭记于心。辛丑年于微信群"诗词圈"与先生不期而遇，并承蒙不弃引进"木斋文学讲堂"学者群，临屏如亲炙謦欬，获益匪浅。木斋先生为当代著名学者，著作颇丰。近读先生所著《宋词体演变史》《先秦文学演变史》《曹植甄后传——汉魏古诗写作史》等几种，感到朗风徐徐拂面，每不忍罢读释卷。更许多观点不肯苟且于前人识见，发微探赜，旁征博引，凿凿辄立大方之家言。其自传体《暗夜烛光——木斋知青传》读来更是催人泪下，作为同代人有感同身受之慨。

兴读长宵细品君，芸窗开卷溢清芬。
秦风别意求新解，宋韵分疑辨旧闻。
独识红楼抒妙笔，兼评子建发奇文。
少年朔北经生死，天赋灵心出自勤。

2022.3.26 于松韵堂

清　明

登高南望寄愁眸，花草低垂祭故丘。
郁郁寒流侵暮野，潇潇冷雨绕荒洲。
豪城未遂村夫愿，浊世难为楚叟求。
沧海波横心底事，长风万里放孤舟。

2022.4.3 于松韵堂

奉题牡丹图

  洛阳女弟子洛风擅画牡丹亦爱植牡丹，为十数株之主。暮春一园灿然纷呈之际，也即其对花展纸之时。今发所绘《牡丹图》一幅，嘱予为其题句以志。诗云：

东君止我竞春头，谢尽群芳独绽丘。
骨傲难驯京苑色，花开自在洛阳稠。
每逢浊雨怜千折，即发香风慰众愁。
婉向篱边迎一笑，无缘富贵媚琼楼。

2022.5.4 晨记

端午时节题感

楚山风雨祭荒声，梦入芳洲幽故城。
旧地狂夫曾哭野，回澜壮客作歌行。
愁轻不解吟骚句，恨极难消灌酒觥。
鼓舞龙舟谁竟志，美人香草又公卿。

注："旧地""回澜",吾曾两次临汨罗凭吊。

2022.5.31 于松韵堂

暴雨曝晴偶记

城销欲暗大风扬,爆有雷鸣带电光。
白雨横澜争旧阙,红霞溅血壮残阳。
凭栏远际浮心色,听夜深沉断梦香。
破晓荒鸡呼北斗,乌云遁处一天殇。

2022.6.24 晨于松韵堂

雨后不遇

午入阴晴一伞撑,雨风过后炙炎城。
天分黑白云多暗,日避晨昏月半明。

欲测愁深思邂逅，何疑梦远觅纵横。
街灯惜照徘徊地，寂寞凉宵夜露生。

2022.6.28 夜记于京华

致莫言

闻莫言先生近来屡遭恶语毁谤。惜哉，爱责款曲不为人识，反被诬称败类、卖国贼，庶几一犬吠影众犬吠声之概，又岂不痛哉！故援笔题赠苦主以示友声云尔。

噤失真言更莫言，心存寂寞却家园。
人犹误解当嘲料，魅或当真作谑源。
气血文章撑筋骨，愁肠笔意壮灵魂。
穷乡直抵金星座，步步谁知是泪痕。

2022.7.6 于松韵堂

大兴机场寄语江城诸友

高华玉色气飞扬，绝世横空展丽妆。
入楚朝阳迎北客，离京夜雨赴南航。
遥愁饮有行诗令，思恐吟无解酒方。
再聚青山何惜墨，豪情泼出是铿锵。

2022.7.10 晨于候机室记

恩施大峡谷写生题

楚山云水古巴东，境比传闻意更雄。
裂谷清回涵浩荡，层峰翠转入朦胧。
无为妙得寻常是，未必豪搜自有功。
一炷香岩迎远客，溪桥欲渡怕惊鸿。

注：一炷香岩，风景区景点。

即兴题幺妹儿祝酒歌

女儿城里女儿多,吊脚楼听祝酒歌。
艳饰青丝叹窈窕,银妆玉面羡婆娑。
非诚梦向花前醉,窃意愁从月下梭。
最是风流争媚眼,金陵贺老逗娇娥。

2022.7.13 夜于七里坪

2022.7.12 于湖北

密云雅集记感

京门北往密云深,流水回沙绕远岑。
栗果初青蝉噪满,槐花半白鸟音寻。
松风雅室书精读,竹韵幽亭酒对斟。
长夏二三诗友聚,闲来泼墨伴歌吟。

2022.7.29 于贾峪清凉台

穿越清凉谷

塞上凌空纵独行,高斜绝壁走长城。
青烟霁散千松湿,白水涵浸万壑莹。
梦底虚从追隼地,心宽怯去短云程。
花开故作惊悚色,百丈岩前励远征。

注:白水,即白河,与潮河汇合为潮白河。

2022.8.2 于白河险道中

登慕田峪

暮雨潇潇罩古城,雄关仗步与云平。
曾销铁甲千身死,只卫龙袍一帝生。
战堑更朝封故垒,戍楼易主立新营。
追怀北地争星野,万里苍凉壮气横。

2022.8.4 于怀柔

观崔健《摇滚交响音乐会》

热血回旋酿底飙,疫年一啸气冲霄。
春殇风恸千花落,梦醒雷鸣万众嚎。
忽耀星层惊雨泪,争呼月满出云潮。
放怀摇滚宽天地,独有心声歌自嘹。

2020.8.17 于北京

松韵堂与青年诗人谈出新

(一)

酌字千回句未惊,奇思莫抵愤难平。
争忧不厌眉梢蹙,裂胆还嫌肝火轻。
惯被孤分偏小性,常因独立试豪行。
言锋几禁方尤利,浩瀚诗潮带血生。

2022.2.21 晨记

（二）

代有才人爱犯规，陈词失趣岂相宜。
求奇最怕灵囊瘦，举异方愁禀赋疲。
远水追怀群雁落，高崖越栈众山随。
宋唐非我争齐志，独到无双自可期。

注：吾依推陈出新之出新，不随创新语之大流。

2022.2.23 晨记

（三）

作诗何拟古人诗，自有情怀自有思。
宋韵花前非旧句，唐风月下出新辞。
媸妍直取笔锋辨，善恶难从眼角移。
融得浩然天地化，心崇万物是吾师。

2022.5.7 记于松韵堂

代有才人爱犯规,陈词共趣岂一相宜?不奇最怕云囊瘦,攀异方能禀赋遼。水追懷群雁高,越栈忽随宋唐。非我争斋志,独到无双自可期。

松韵堂与青年诗人谈创新

岁在壬寅三月于京华菁莲馆逢俊

周逢俊 书法自题诗（《松韵堂与青年诗人谈出新（二）》）

踟蹰岁月失营生,白发催人莫自惊。损鼎扛千力不鸟,何上苍峰文章推。倚髯风古画意优,品格先耻作应名。身后事晨昏惭有一片天。

除夕题 壬寅春书于京华紫竹院
来韵堂逢俊

除夕题

蹉跎岁月失华年，白发催人莫自怜。
骨损能扛千鼎力，心高可上万峰巅。
文章拒俗辞风古，书画兼优品格先。
耻作虚名身后事，晨昏惜有一爿天。

2022.1.31 松韵堂

周口店遗址即兴

苍崖五十万年间，兽与猿分命运关。
燧火燃薪居洞穴，石刀狩猎守河湾。
健身直立先开智，巧具勤工渐退蛮。
万物灵心精一聚，修来人字重如山。

2022.8.28 于房山

云居寺题

山间逸气兴秋登,翠入清涵烟雨腾。
塔失隋风修国色,经存帝旨镂天恒。
归缘几悟终虚地,信佛平怀是苦僧。
福到无边非梦境,苍生笑里大乘凭。

注:云居寺藏经洞藏有石刻一万余块,三颗佛祖舍利子传为隋炀帝所赐。

2022.8.28 于北京房山

访贾岛峪

岁在壬寅清秋,余与葆国、初仁两位方家,往贾岛故里寻游,晓忠、南鸿随行。山深谷浅,两三人家,庵墟荒颓,半堵残墙,不堪凄冷,遂作七律以志。

燕西故野几登搜，峪下庵墟唐壁留。
浅照潭风摇瘦影，空泠石骨露寒丘。
无援往得吟残烛，岂破迂封啸苦囚。
一梦浮尘千载似，争愁不禁满山秋。

2022.8.28 于京西房山

拙政园秋兴八首

壬寅八月朔日，刘墨兄邀三五诗书画兼善者写拙政园并倡题自制诗章，赓续"问园姑苏"第五届画展之美意。幸蒙青眼，忝列其伍，欣然以小品数帧复命。

余曾三下江南，遍游苏杭名园。一路诗画者，得意不忘其深，得形不囿其丽，捉韵非分春花秋月。然有四季妆容、含珠吐秀而敢不神形兼呈、诗画圆融者惟拙政园是也。

斯园精构巧筑，萃集南北菁华，涵毓秀于中怀，溢幽境之清匀。囿苑栏径，松梅斜露山势；楼台阁榭，莲菰轻销雾飞。旷野横渡，蒹葭苍苍；远岑浮空，晨昏迷霞。庾信之寂寞人外，潘岳之拙者之政。故念念王献臣归隐造境，文徵明诗画神锡，真高山流水之概也。

复命甫定，意犹未尽，追忆斯园，敷成八律。《世说新语》载，谢太傅语王右军曰：中年伤于哀乐，与亲友别，辄作数日恶。王曰：年在桑榆，自然至此。——而余届耆老，更可作如是观。

其 一

三十一图情趣生，清澜绕阁巧经营。
幽听墅外荷垂雨，漫品庭前月下楹。
竹径低吟留雅客，松岩泼墨拒豪卿。
王郎旧地翻新市，静气难消不夜城。

注：《拙政园三十一景图》为明文徵明所绘。王，即王献臣，拙政园园主。

其 二

闲寄清波梦隐楼，霞枫丹桂醉香丘。
轻舟戏逐沙滩浅，短渡争萦水草稠。
白鹭梢头岑影远，黄花陌上栅痕收。
追怀静得姑苏韵，画里桃源是古州。

其 三

寒流入旅惜霜花，多少诗人羁苦涯。
竹涧崦嵫愁日短，沧浪方丈怅风斜。
蹉跎更觉同山老，懈怠犹迟乘水槎。
捉梦归心空有寄，光阴不与旧时霞。

其 四

墟丘耐得几枯荣，惯看风云冷暖更。
花艳偏先王府落，春迷复上相园生。
洪潮岂识人间累，浊酒方宁世纪惊。
莫测天高观夜雨，昏鸦一样对秋鸣。

其 五

春禽嘉树玉栏回，最赚佳人迟暮哀。
红烛华堂摇凤冕，香车宝马走瑶台。
庄园百亩渊明意，帙卷千橱子建才。
尘影霞飞留恋处，而今入旅四门开。

其 六

菡萏婆娑怜泪痕，香消半亩度晨昏。
池丰不计张鸿路，馆仄难容闭客门。
运至簪缨无定数，时衰布袄有前因。
轮回锦色成空象，草舍桑麻落野村。

其 七

惯读长宵夜觉寒，横天晓月雁声残。
闻风怕测山间雨，落叶愁浮水上滩。
退日无凭传悍将，偷光有据作贪官。
花前相惜谁嗟短，多少荣衰一梦叹。

其 八

遥山入暮叙蛩声，万木萧森寂寞生。
路口众鸦巡夜色，天边孤鹤度星明。
黄花白露三秋去，游子清风一梦萦。
问到相期何聚首，围炉老酒话峥嵘。

2022.9 于松韵堂

中秋吟

空山月满木萧萧,旧影回看怅廓寥。
巴楚穷涯迂瘦岸,燕京逆旅过荒峣。
遥怜故地遗双冢,久叹他乡羁一漂。
老客登台惊白首,秋风万里入寒潮。

2022.9.9 于黄山

壬寅中秋日与于志学先生黄山太平湖泛舟

是时舟在烟波翠岛间,秋阳朗照,潋滟粼粼,滨麓逶迤,群山叠秀,殊令湖人作山人想。翻念桃源之隐固每叹不逮,然畅一楫自在可拒红尘之嚣。鸥鹭争飞,松筠播韵,不觉晚霞临渡,归舟唱缆,至浦溪正一轮满月。有诗。

一湖清翠柳前湾,斜倚兰舟渺渺间。
七二峰迎双节秀,三千岛放两翁闲。

金风漫叙秋园累,白露轻吟菊路艰。

笑对西霞犹自惜,归看月满照开颜。

注:于志学,冰雪山水画创始人;双节,中秋节与教师节同日;七二峰,即黄山有三十六大峰,三十六小峰;两翁,于老年近九十,吾亦七十在望矣,故称。

2022.9.10 于太平湖

渔梁坝怀古

紫阳秋色又渔梁,入暮江南忆旧乡。

老渡灯帆愁夜泊,残城酒栈醉晨航。

长亭折柳穷涯泪,短烛缝衣富旅囊。

五百年间迎送处,繁华几度转苍凉。

注:渔梁坝始建于唐代,明代重建,距今1400年,明清为徽州商贾往来的重要港口。紫阳,即新安江畔紫阳山。

2022.9.19 晚于歙县古城

暮游万佛湖

秋湖八月水天开,往过浮云万谷回。
鹭岛松清群鹭白,舟湾塔影一舟灰。
乔公有婿风流帅,吴主兼谋济世才。
壮立庐阳思故国,霍山霞照上孤台。

2022.9.22 晚于舒城归舟记

夜游鹊渚镇

三河聚散又逢秋,百代烽烟几废留。
旧绪犹轻秦汉地,陈思也恶宋唐侯。
寒潮漫际怜星月,野渡涵延怅浒丘。
郁郁苍凉黄叶雨,老城灯火万家愁。

注:三河,即丰乐河、杭埠河、小南河;鹊渚,三河镇旧称。

2022.9.23 于合肥

诗人张平九十华诞志贺

平怀散淡古贤同，白发翛然九十翁。
彭祖何来寻瑞鹤，昆阳几见觅崆峒。
文从坎坷奇非晦，韵自峥嵘妙且工。
再聚姥山期百岁，千舣湖上醉春风。

注：姥山，巢湖中的岛屿。姜白石用平韵写《满江红》，句有"仙姥来时，正一望，千顷翠澜……"

2022.10.20 晨题于松韵堂

登香山即兴

西山秋树半红黄，过眼烟霞意气扬。
复径寒荒遗古绪，幽溪寂野落残阳。
城楼瘦自凋风色，寺廓萧然映丽妆。
朔北惊声传九月，孤鸿一唳旅人伤。

2022.10.26 傍晚于香山记

题《老梅图》并序

  燕北有号梅园者，颇具名声，乃主为予旧友。近日应邀造访，见百多盆稚梅被上下其手，横遭剪裁，拔野壤而拘寸皿，矫天姿而趋畸奴，见告是谓雅供之造。昔日读龚定庵《病梅馆记》有句云："以夭梅病梅为业以求钱也"，此之谓乎哉？予怜而尤痛，默然未赞一语，归来画野逸老梅一纸并题俚语八句为其招魂。

  节守寒囚义自伸，无边寂野伴嶙峋。
  花扬血气凝香质，雪带冰风裹铁身。
  岂待畸残销本性，何随扭曲断根淳。
  庭前一笑严冬暖，怒发心声不是春。

2022.11.7 于松韵堂

题水墨花鸟卷《来为我寿》

古稀年始步新辰，皓首看花俏对春。
笑去青山筹梦旅，愁先白鹭占诗津。

挥毫更适狂无忌，策杖还须野不驯。

笔墨精修书与画，时光寸惜抵千银。

2022.11.9 于松韵堂

题《晴雪》

白石攒峰凝白雪，尘空塞外清风澈。

兴来画笔意冲冲，遥望玉屏冰裂裂。

敢向瑶池探妙微，应从阊阖寻稀缺。

人非游处独吾心，自有高标留俊杰。

2022.11.15 于松韵堂

画老梅题赠当代诗词馆兼贺乔迁之喜

嘱画梅园一树花，清香傲骨赠诗家。

冰红壮立城边梦，雪白寒分廓外霞。

兴入书斋遴旧帖，游来韵馆品新茶。
风人雅集吟哦地，笔墨恭迎万里涯。

2022.11.20 于松韵堂

寄诗人方克逸

北上京漂云水长，逡巡卅载几回乡。
欣君笔垦勤开域，励我诗程寄远航。
岁指耆年思两地，期心羁日守孤檣。
相逢梦里吟新韵，醒坐窗前看月光。

2022.11 于松韵堂

《王玉明：我的艺术清单》观后题

　　院士王玉明，有称诗人科学家，有称科学家诗人，诗坛名宿叶嘉莹先生许为高徒，赐号韫辉。宛证诗缘，两年前与先生相识于"诗词圈"群。嗣后，不时临屏快意先生新作佳构，拙作亦常蒙先生谬赞鼓舞。今观央视三台节目《王玉明：我的艺术清单》，方知院士不特诗作超拔，实乃才艺万方——制词谱曲，径自引吭；书法摄影，辄令惊艳；啸艺口哨，不让麓簧；风流倜傥，不一而足。先生少年历经苦厄磨难，然不坠拏云之志，发愤砥砺，一跃清华大学高材之属，继而教席科研并进，终列中国工程院院士。吾尝闻三余，未知院士几余。既惊服不已，敢唤取俚句，以申激赏感佩。

    料得台前个性张，风神气色炫华堂。
    文思妙构才人句，科技精研院士创。
    白首和声歌更美，春山集影梦犹香。
    勋功授业开新境，不拒诗心老自狂。

2022.12.5 记于松韵堂

啸　歌

    无端小性任清狂，妙韵初开七十张。
    野性风乘游旷古，纵情日驾绕洪荒。

初开梦脚兴迢递，始启春心意未央。

漫道从容由契远，余年拒辱辨迷茫。

东君未解冰山结，青鸟先闻阆苑香。

雁路云翻驰浩渺，鲸潮浪卷任思量。

稀星晦照孤帆淼，冷月幽辉寂影苍。

只与良知行共永，天涯一笑是诗乡。

2022.12.5 于松韵堂

题墨牡丹卷

落笔烟云泼洒声，丹青即兴意纵横。

花传素色清园朴，墨染沉香翰苑生。

宁独期心情有寄，离群一梦志无更。

莫愁春暮千芳尽，正是颜开爆古城。

2022.12.14 画后题

《我负丹青——吴冠中自传》读后题感

吴老文章字字沉，愁怀测下意千寻。

辞风疾矢穿如靶，画韵遒锋点若琴。

岁晚非争偏誉永，身衰岂屈寄言箴。

空余傲骨支长寂，春到坟前花不禁。

2023.2.21 晨于松韵堂

央视《大师列传》沈鹏"诗书相融，艺道并进"观后题

循唐序晋几风承，独帜书坛韵自兴。

笔墨清修凝气骨，诗文雅契践才能。

怀深应得三余养，梦远当须百载征。

九十华堂人瑞范，相期茶寿再听凭。

2023.2.16 夜记于松韵堂

周逢俊 书法自题诗（《央视〈大师列传〉沈鹏『诗书相融，艺道并进』观后题》）

周逢俊 《雨鸣》 2013年 45cm×33cm

陈丹青《笑谈大先生》读后题

丹青别趣有新陈,快意文章辞自醇。
掷句先闻传铸骨,开篇拔萃亦封神。
宽怀更信横眉误,热血兼容俯首真。
吾赏两公心与契,迷云拨见一津春。

2022.2.23 晨记于松韵堂

蝶恋花·泰姬陵

倩影婆娑轻似梦。淡淡娇妆，含泪珠光动。花草连宫金玉冢。年年陪伴蛾眉冢。

丽质身非已可控。纵宠犹怜，帝子多情种。不爱江山追一恸，后人同与香魂颂。

2006.3 于印度亚穆河畔

暗香·游牡丹园

芳丛烈烈，看雾中滴露，鲜肌如雪。记起美人，鬓乱腮匀色香活。蓓蕾千枝欲放，惊异眼，临风尘绝。栅不住，巷陌纵横，春气正争发。

难契，鬓角白。叹毕竟老兮，梦里超越。恋花扑蝶，休让芳颜与君别。望处红飞翠舞，人笑我，痴心难歇。又见那，羞怯样，赏心勃郁。

2013.4.11 记于铜陵

江城子·马嵬坡有怀

梨花泪雨湿芳丘,草含愁,韵依留。无尽春光,寂寞绽坡头。不胜幽寒怜艳影,多少叹,怯回眸。

忍听新客哂无休,戏王侯,国难收。陈荒断骨,去岁总缠纠。古道山川天地小,堆不下,恨悠悠。

2017.4.13 记于咸阳

念奴娇·中秋

天高净朗,对云水深处,登临遥目。多少乡愁重别绪,再约相期难卜。江海苍横,山川奔莽,往转征人祝。月明孤影,小虫声漏草木。

无奈心寄长霄,这头抚旅,那头怜松竹。黄土垄头情有系,每到中秋围菊。羁旅流年,飘蓬云杳,总念堂前嘱。分辉千里,故园空照残屋。

2016.9.18 记于北京

雪梅香·除夕登高

楚天远，斜阳入谷暗千峣。看京城街巷，烟花不济空寥。荒野哀鸣送鸿雁，积云飞度起寒潮。甚难测，又遇尘霾，冷彻长宵。

遥迢，几曾旅，望尽天涯，岁月穷销。报我平生，只叹白发颜凋。小性偏狂自由骨，直伸怀抱任飘摇。羞言是，酒醒偷潸，愁对明朝。

2016 岁末记于北京松韵堂

夜游宫·七夕

旧绪还逢朗月，那年似，碧空澄澈。记取当时那一别。各东西，隔苍茫，人哽咽。

万里情如绝，终难见，鹊桥虚设。是夜西风乱秋叶。小寒窗，玉如霜，谁与说。

2017.8 记

满庭芳·姑苏行

重到江南,那年游子,旧眸难识天堂。古城楼阁,清水绕新妆。街市香车艳影,依然是,国色飞扬。阊门下,贾商斗富,那派胜吴王。

秋光。曾也照,园林竞比,诗画歌坊。引才子催眉,尽向陈慷。莫让唐寅独占,多少韵,待我颠狂。今销得,山塘纵酒,一醉累秋香。

注:山塘,苏州繁华夜市,可与南京秦淮河争艳。

2017.8 记于苏州

水龙吟·登天蒙山

恰时最得登临,晚霞欲镀苍茫路。江潮叠雪,云深际野,旧年去处。曾笑峥嵘,再添万里,一蓑风雨。问千川气象,神州漫旅。赚诗骨,从容赴。

未觉天荒人老,对残阳,初心高骜。激情莫待,期程谁与?壮怀如虎。谷静空兰,峻松飞瀑,尽都归伍。信青山共筑,天涯那梦,迈清湘步。

注：清湘即石涛，清代著名画家。曾有"搜尽奇峰打草稿"句。

2017.8.10 记于沂蒙山

水龙吟·读范扬写生集

  自乙亥秋吾独往京城寻师问道，逡巡二十余载矣。虽历落拓蹭蹬，依然小性疏狂，固执不群，少与人聚，亦鲜于交友，素闻微言而罔顾，只一任埋头。然求艺如登蜀道，况京城六朝繁华，千年经营，冠盖麇集，岂轻许村夫一席之地。所幸良遇不吝提点鞭策扶掖者二三师友，范扬公在列。公笔墨精湛，确然画坛之翘楚，亦极具大君子风范。昔时曾于画友处见《范扬写生（2006—2009）》，瞻览再三，爱不释手，遂借来作课堂教材之用，获益匪浅。今再展读庋藏其书，兴味不让当年，殊可命笔。

  水山迤逦峥嵘，云烟嶂里婆娑影。胸澜浩荡，墨翻气动，宛营奇景。唐宋遗风，非循旧势，又开新境。把丹青问遍，华山论剑，凌霄处，谁人应。

  寻胜天涯兴旅，尽奇峰，石涛何凭。南宗北派，诗心犹化，少年憧憬。咫尺宏图，无边气象，才情尤逈。往青云仗步，秋光万里，正豪情盛。

2017.9 于松韵堂

水调歌头·重阳

浓雾暗无雨，寂寞晓寒清。怜它花草低调，落木半疏明。日渐西风削瘦，志趣无端闲置，静坐听秋声。身围锦帘下，懒得挂笼莺。

菊如玉，竹依绿，水千萦。尽都邀我，江山同醉赏峥嵘。诗旅无关岁月，乐与秋光潇洒，自在任平生。南下武陵路，苍莽壮吾行。

2017.9.16 记于松韵堂

八声甘州·游江南

问江山更胜那年秋，为谁这般妆。算江南踏遍，旧时游子，一路诗狂。多少风人远去，佳句几流芳。天地其中味，难与思量。

　　直向高秋取韵，那疏钟绪远，意气悠扬。昔骑驴驭道，囊瘦入苍茫。放闲怀、青崖高致；畅天风、今古荡愁肠。西塘近、有幽人约，侍我宫商。

2017.10.1 记于嘉兴

忆旧游·西塘行

　　去江南欲赏，水巷人家，应在西塘。薄雾凌波散，映重桥旅影，玉埠琼坊。旧踪忽作新客，如梦到仙乡。笑故友重逢，豪情未减，两鬓都霜。

　　思量，那年我，凭席诵花词，争戏娇娘。再拟风流句，怕诗心深奥，难解沧桑。夜来绕水听韵，舟上品陈香。竟倚老觥筹，和人醉里浑说狂。

2017.10.1 记于嘉兴

鹧鸪天·题美人秋思图

蝶去疏篱意不逢，秋光怎解落花容。闲愁莫向晨昏散，天外凄声闻断鸿。

人别后，月朦胧。蛩鸣如诉烛孤红。今宵更怕窗前树，黄叶难经带雨风。

2017.10.2 记于嘉兴西塘

念奴娇·西溪南怀古

深寻巷户，绕清渠三水，千年佳地。南国风人来往处，尽得人间才气。唐韵初开，明清入胜，百劫因斯累。晋书三帖，几番朝野归帝。

花掩楼阁芸窗，回廊重院，多少风流醉。莫辨《金瓶梅》笔意，一崛奇文孤绮。泼墨双僧，翰林董祝，惊羡吾侪辈。烟墟思古，与谁风雨遥祭。

注：西溪南，又名丰南、丰溪，始于唐兴于明清；三水，此

水系有动力水（水车磨坊）、民用水及防火水；西溪南代出才人、进士、京官、文人、大收藏家、书画家、大商巨贾，江南才子常往来于此；《三希堂》字画多出于西溪南大收藏家吴廷之手；百劫，太平天国入侵，该村被毁灭性破坏，财物抢劫一空；《金瓶梅》作者一直是谜，但研究金书的专家其中有一观点，认为此书为兵部侍郎汪道昆所著，汪与王士贞、张居正为同科进士，书中方言、风俗、情节于西溪南接近，汪即为西溪南人；双僧，即石涛、渐江；董祝，董其昌、祝枝山。

2017.10.9 记于徽州新安江畔

永遇乐·题《武陵源秋峰》

纵揽云飞，崇山何在，奇幻难测。只有丹枫，浮霞远岫，大壑形如织。凡尘异影，空灵绝世，万象直呼仙国。俟丹青，吾今来也，笑他皇家无敕。

三山过尽，江湖曾旅，羡此人间佳色。李杜无踪，石涛休步，空壁余谁勒。一朝圆梦，诗心画合，韵自神添雄魄。人叹道，天堂咫尺，独缘墨客。

2017.10.29 记于张家界

水龙吟·题赠曾来德兄

　　气盛最得云山，蜀中自古多人杰。长门贵赋，千金诗壁，三苏才绝。日月新程，风光又是，后生英发。看书坛谁与，风流当数，曾郎笔，锋如铁。

　　年少一腔热血，拜千家，晋唐遗帖。从军域外，江湖纵旅，学书心切。篆籀烟痕，圣贤典著，都坚肌骨。正秋阳朗照，群峰际远，再从头越。

2017.11.5 记于松韵堂

疏影·湘西行

　　天涯咫尺，任自由往矣，诗与朝夕。碧水轻舟，晴翠风和，沱江正赏秋色。朦胧塔影连峰远，薄雾下，游人如织。绕古城，万户争新，不是旧时相识。

　　青石廊桥市井，古风旧院落，人事难觅。巷里文宗，《酒鬼》丹青，半是空楼陈壁。流光浩浩春秋去，三百载，后生嗟惜。问递迢，云水苍茫，万里只归帆客。

注：巷里文宗，指沈从文先生故居；《酒鬼》丹青，代指黄永玉先生；三百载，凤凰古城始于清康熙，历时三百年变迁。

2017.11.5 记于凤凰古城

临江仙·暮色吟

万里云途天入暮，奔澜又过横桥。野花别样路迢迢，青山廓外，天际泛星潮。

阅尽江山心未老，游来自在逍遥。轻舟一梦复明朝，山还水转，处处竞妖娆。

2017.11.16 记于西双版纳澜沧江畔

天仙子·蝴蝶泉小记

偶向梦中寻小境，拟作少年看美景。沁芳亭上探幽香，花满径，婆娑影，与蝶共欢谁酩酊。

　　记得嫩颊红似杏，相约月光怜怯应。而今重忆那愁肠，心不静，流光并，几许怅然空自凭。

2017.11.22 记于大理

满庭芳·丽江行

　　涉水三千，牧云万里，丽江别有风流。傍岩高筑，商埠叠层楼。古道依稀旧韵，茶马栈，不见荒丘。阳光下，蓝天雪嶂，再向玉龙游。

　　何求，偏冷眼，轻他富贵，蔑视贪侯。更豪气频添，只恋江舟。唯有自由不老，循那梦，步履方遒。青崖上，前贤纵旅，放鹤走千州。

　　注：玉龙，即玉龙雪山。

2017.11.23 记于云南丽江

蝶恋花·西江苗寨之夜即题

　　问去西江谁与会，梦里寻她，贪夜游无累。寨上小楼人已醉，万家灯火争星际。

　　歌舞翩翩花竞丽。玉佩银披，眉角还抛媚。犹似旧时猜那意，归来窃笑重回味。

2017.11 记于贵州

贺新郎·观黄果树瀑布

　　河汉西南坼。破云霄、飞湍碧落，彩虹分色。霹雳喧豗千山应，不许豪情空失。风雨后，朝霞熠熠。万壑狂澜争一汇，更驰骋逐梦初心力。扬万里，壮魂魄。

　　江山呼啸争朝夕。折千回，漩川不滞，浩歌如泣。朗玛雪峰源圣洁，岂被尘沙玷黑。抚岁月，峥嵘历历。共渡云深传号子，竞风流敢作潮头楫。奔大海，势无敌。

2017.11 记于贵州黄果树镇

临江仙·题《紫藤图》

身欲凌空牵小架,争高难解难分。门前气象兆新辰,清香散人,祥瑞罩村邻。

日趋缠绵怜嫩雨,情开竞向三春。丹青最爱写紫云,巧逢双鹇,飞过半山筠。

2017.12.10 记于北京

石州慢·硇洲岛怀古

旧壁苍丘,腥岛渺茫,遥想悲烈。千年故垒峥嵘,十万拥宫难雪。无余家国,耿耿只剩忠魂,弃身赴死崖山裂。传说那时春,尽花开如血。

年月,堆澜听激,气节凌霄,后生难越。唯有飞鸥,代代讴歌声切。山呼海啸,唤得一坠残阳,铮铮正气随风绝。不觉涌新愁,怅丛涛孤崛。

注:硇洲岛,1275年,元军攻破临安,宋军10万拥帝逃避

于硇岛。端宗驾崩，遂立其弟8岁的卫王赵昺为帝，筑宫固垒，改年号为祥兴元年。更硇洲岛为硇洲岛。后崖门战败，陆秀夫背少帝赴海。遂全军覆没。

2017.12.30 记于硇洲岛

沁园春·题《南迦巴瓦峰图》

势把旗云，往古遥深，独立昊天。驭青云沐日，银飞玉羃，玲珑叠俏，霞镀金莲。神采凌空，风流浩荡，百丈层霄未过巅。登临处，正春风万里，花海如澜。

沧江碧浪溅溅，绕佛境幡飞入梦圆。昔汉唐往旅，传书驿站，古风接韵，千载佳传。马上和亲，笙歌声动，自古蕃人颂妙缘。阊阖外，画蓝天雪嶂，壮我河山。

注：南迦巴瓦峰，地处横断山脉、喜马拉雅山脉、念青唐古拉山脉交会处，海拔7782米，为西藏林芝地区最高峰；沧江，即雅鲁藏布江。

2017.5 作词记于林芝
2018.1 画记于北京

唐多令·游贵生书院

明万历十九年，临川才子汤显祖，被朝廷贬为徐闻添注典史。其间，耳闻目睹当地土著生猛桀骜，斗狠轻生，遂循"大德曰生"之心，倡建"贵生书院"，意在为政者民本为重，人子者敬畏生命，以期风化一方。今游此拜谒，不胜景仰，应友人嘱即题。

辞阕意何求，逍遥山海头。断崖看，疑到瀛洲。渡外鸥飞沧浪涌，箫声静，一孤舟。

行也有花丘，胸宽亦自由，纵远怀，荒岛难囚。勤与众生同筑梦，书院小，寄风流。

2018.1.2 记于徐闻

西江月·过响水潭

东坡谪居海南儋州三年，蒙赦渡海北归至响水潭，见苍崖瀑布直泻深潭，流水湍急轰鸣，在乱石杂草间奔涌远去，史载有诗刻于岩壁，而今没荒遗野，寻访探赜不遇，怅然有小词。

即与雨风遥去，野花应有凝香。苍崖曲尽几分刚，千载潭声犹慷。

贯累芒鞋南北，山川笑让清狂。诗文一路写沧桑，古道犹存绝响。

2018.1.3 记于徐闻流梅溪

踏莎行·合水线

中国大陆南端海岸，立巨石如砥柱，上书"合水线"以分潮界。盖两水嘶吼回漩，有裂天之势，分合往复，百代如晨昏未曾改观。

分合声回，奔澜又起。风云立势冲天际。不知端底太深沉，为谁浩荡争潮位。

几度悲歌，壮哉玉碎。千帆自古难猜意。最看惨烈夕阳时，血光又照南端砥。

2018.1.5 记于徐闻南极村

长亭怨慢·题《秋浦图》

　　白霜丽,枫摇秋醉。灼灼彤彤,夕阳如炽。老绪倏生,壮怀尤烈,旧时味。一船豪气,谁问旅,猜天际。梦里共江山,占尽那,诗程迤逦。

　　万里,算平生所获,只有皱纹频徙。风寒雨阻,怎奈我,水山相慰。向大壑,境转峰奇,上云路,成全天意。笑鬓角苍然,心比千山松翠。

2018.1.28 于松韵堂

锦堂春慢·题《黄山蓬莱三岛图》

　　朝访蓬莱,驰思嶂外,天高正待回眸。万里霞飞,如泼彩墨横流。更喜锦云摇荡,日朗环照仙丘。共峻松劲舞,万籁如琴,人过峰头。

　　弃京闲来消遣,驭青云百丈,叠翠花稠。倏被香风撩醉,小憩山楼。欲海遥猜远近,五百里,谁与前搜。万象争奇莫测,三岛屏开,壮步神游。

注：蓬莱三岛为黄山著名景点，去玉屏楼途中可见。

2018.2.3 记于北京松韵堂

小重山·上元夜酒后小记

一任清宵帘下听。欢心追旧忆，半残觥。灯花那夜侍卿行，怜人处，百赖总多情。

老眼忽都轻。星空光灿灿，却难凭。南城复向闹西城。悠悠事，今月旧时明。

2018 年元宵夜记

江南春·立春

惊晓梦，似轻喧。听无思近远，云外水连天。遥怜春嫩江湖去，风雨斜斜争柳烟。

2018.2.4 记于北京松韵堂

十六字令·题《梅兰竹菊》

梅

邻,常向孤台探骨魂。皑皑处,风雪共黄昏。

兰

珍,身隐山阿独自春。清泠地,只慰可心人。

竹

根,三径年年翠叶匀。亭亭立,寂寞伴真君。

菊

循,爱向东篱续古芬。看寥廓,气象照秋云。

2018.2.10 记于北京松韵堂

贺新郎·除夕

多少回乡路。尽匆匆,东西南北,只争朝暮。喜怒哀愁同度日,唯恐舟车难负。身未抵,思心先骛。怎转囊羞言尽美,料归家难作周全旅。千载往,感人处。

几番风雨凭谁诉?问苍生,哪朝哪代,一般辛苦。莫羡权贪千夫指,命运从来难估。人独立,当由自主。良友亲朋欢小聚,煮一壶佳酿从头叙。看气色,健如虎。

2018.2.15 记

雨霖铃·曹雪芹故居题笺

疏林空屋,雨风摧损,几杆幽竹。重来旧里寻觅,绳床瓦灶,寒窗孤烛。绮丽金钗宝黛,尽随梦归属。十载泪,春恨秋悲,自是前缘事难卜。

兴亡只作虚言录,味其中,孽债风流筑。蹉跎有爱无悔,休管那,仕途名禄。炼化无为,谁料,苍天一破难复。问弃石,青梗峰前,醒与何人哭。

2018.2.21 记于香山黄叶村

满庭芳·观兰花展并序

展在香山温室。与弟子立平盍兴往观，因见数百品，然竟无一株曾相识，释云：皆科技培育也。花几与牡丹争硕，叶势跟芭蕉比肥。而旧时幽谷清馨，芸窗香近，已成追忆矣。

戊戌迎春，群芬荟萃，却被香草薰迷。满堂争俏，如蝶色飞飞。仪态轻佻媚俗，正烈烈，占尽花期。情难却，仓皇误入，不胜小狐眉。

徘徊，惊异处，人争合影，老眼昏疲。竟挨个儿看，寻那清姿。最忆蛮腰袅袅，含羞样，半掩低垂。三分艳，七分品味，朴素最相宜。

注：狐眉，兰花名。

2018.2.23 记于黄叶村侧

暗香·游黄河入海口湿地

黄河入海口湿地公园，植槐林万亩，繁花盛开，有珍禽百种，朝夕和鸣，天地丽日，蔚然大观也。应《诗词家》主编海峰兄嘱，试作长调以颂之。

　　往思五月，看激流汇涌，槐花如雪。绿雨翠晴，一派生机势争发。千鹤颉颃劲舞，应百鸟，欢歌声切。晓色里，浩浩荡荡，香气正浓烈。

　　争悦，款款蝶。向快乐畅飞，自我超越。是非忘却，惟惜青春与愁别。身与诗心共旅，裁韵处，难分难割。绕不尽，芳草地，碧烟郁郁。

2018.3.5 于北京松韵堂

高阳台·题《故园晴翠》

　　循宋风流，开唐气派，翠华直抵灵台。入楚冈丘，烟湖浩接清崖。平川八百银屏里，郁葱葱，晴丽天开。小姑山，一塔苍茫，峻拔江淮。

　　匆匆不忘云生处，隐三间草屋，半壁书斋。朝夕松篁，羡听飞鸟歌谐。而今一梦天涯远，似曾谙，引我愁哀。料难眠，夜半清思，画里抒怀。

2018.3.15 记于松韵堂

锦堂春慢·雁栖湖登塔

戊戌二月二诗家于灵惠山雅集,归途与诸诗友于雁栖湖一游,并登塔揽胜。

晨雾清匀,晴川气象,披霞共上凌霄。一水三山,纵览叠嶂迢遥。直取四围佳色,万壑犹酿芳潮。看雨风过后,滴滴鲜鲜,千树妖娆。

岂须幽思寻古,筑燕山梦境,不是仙峣。苍鹭腾云飞舞,绕廓歌嘹。择日凭栏作画,恐重彩,千笔难调。即诵何须酒兴,多少诗狂,激荡春梢。

2018.3.21 记于燕山红螺寺

八声甘州·清明登燕山

看花崖翠接万山新,草木带香回。更青阳朗照,蛙欢蛰动,鱼跃禽啼。万种风情日盛,惹得絮飞飞。怎赖诗心乱,人比春痴。
夜雨闲听倚枕,想明朝又是,沃土淋漓。捉清溪童趣,云牧戏相追。向山家，高林迎客，绕几湾，稼穑隔疏篱。抬望眼，正妖娆处，锦绣佳期。

2018.3.28 记于北京

高阳台·屈子吟

花草繁生，登临野际，恼它朝夕愁频。寒雨霏霏，追思却怕循春。楚山湘水依然秀，最难寻，清骨香魂。共清明，天地尤悲，泪祭哀辰。

当年贾赋凭谁诉，叹怀沙负石，菖草如坟。代有英雄，一身正气难伸。而今惜古残碑贵，恨当时，报国无门。是非前，孤步登丘，过眼烟云。

2018.4.2 于松韵堂

沁园春·过巢州望城岗

　　绕水花洲，柳浪烟莺，丽日景明。过旧时野渡，穿芳踏翠，松亭竹阁，锦绣纵横。廓外青山，汀前白鹭，万象争春画里荣。天河畔，看香波入晓，霞照新城。

　　心潮自是难平，赏百里湖山古绪生。昔魏王南下，强兵固垒；楚戈纵骑，霸主遗营。白石云帆，醉翁谪旅，尽把豪情付远征。今安在？剩功名寄世，半壁残铭。

　　注：天河，为南巢古城护城河旧称；霸主，项羽；白石，宋词人姜夔号；醉翁，宋欧阳修。

2018.4.清明于巢湖雁庐

水龙吟·题赠伊人

　　小词婉入闲情，榴花独向帘儿炫。天涯望处，云深渺渺，随风嗟叹。古渡行囊，烟波棹影，断肠离散。惜蹉跎光景，江河重隔，梦途短，难相见。

往忆悲欣难辨。最伤心，登舟听咽。花堤雾柳，齿唇交合，缠绵留劝。一别无期，几询归处，关山遥远。问平生憾事，苍茫入旅，作孤飞雁。

2018年端阳节记于北京

汉宫春·清明祭

归旅村头，正云消雨歇，满眼芳菲。亲人对泣，几纵离恨交悲。松冈路陡，径幽深，雾里依稀。多少次，天涯有约，期盈依旧难回。

寂寞空林回暗，绕荒坟只见，蔓草萋萋。遥怜俟成白发，朝夕凭扉。功名不就，信天酬，矢志无违。谁晓我，千言难诉，伤心叩对碑啼。

2018.4.6 记于故乡庄房

沁园春·张山行

雨后屏山，近日清明，正往兴游。看桃红李白，烟溪杨柳，莺飞鹭舞，十里香丘。阡陌新亭，浚疏古井，老树苍遒叶自稠。祠堂外，又朦胧雾漫，犹叙归愁。

功名未得天酬，却岁月如云去不收。念蹉跎年少，云樵牧野，长宵抱读，有志难求。生死兼行，初心再励，五十年来春与秋。而今是，对青山白发，泪眼奔流。

2018.4.6 记于故乡秀芙

采桑子·齐云山雨中作

卧听雷雨惊晨梦，峰过云烟，鸟啭花前，正是人间四月天。朦胧偏向云深去，不见飞泉，却现山巅，倏朗风清百里辉。

2018.4.14 晨记于徽州

江城子·登齐云峰顶

疏梢一绿气豪生。满山馨,万崖明。三春快意,更比去年兴。长啸轻身翻鸟道,看谷底,乱云腾。

青山有路望崚嶒。笑峥嵘,路纵横。白头初雪,仗步敢攀登。直向江山曾许愿,心不老,志如鹏。

2018.4.15 于齐云山写生遂记

少年游·玉虚宫

紫霄烟洞玉虚宫,石阙对空蒙。悬梁蝠影,送迎朝夕,多少客匆匆。

仙山境界无非是,快活自从容。旧观何凭,帝王勅处,野鹤过松风。

2018.4.16 记于齐云山

少年游·太素宫登高

　　天街春树又花稠，道观栅清幽。闲台名草，怎还憔悴，都是旧朝忧。
　　沧桑不碰心头事，放眼上山楼。对峙青霄，风云仗步，古韵绕苍丘。

2018.4.17 记于齐云山

画堂春·齐云杜鹃花

　　鹃花一绽笑崖头，青云半掩娇羞。霞光映壁瞰丛丘，独占风流。俏里游人拍照，不知媚里轻愁。峥嵘岁影伴如囚，几得天酬。

2018.4.18 记于齐云山

伤春怨·上巳故园游

欲问春何去，一片江南花雨。最忆少年时，泪别云乡深处。水山无重数，总误归家路。万里梦相随，四十载，凭谁诉。

2018.4.19 记于徽州

高阳台·登方腊寨

雾里苍崖，峥嵘故垒，群峰壁立横江。激浪蒸腾，犹闻战地声扬。仙山有泪惊风雨，对雄魂，天地忧伤。望新晴，暮色熔金，山海低昂。

幽然到此愁云起，更无心道观，香火炉旁。浊世千年，何言细解凄凉。东风岁岁清明过，野岭深，谁记千殇。寄吾怀，乱石如碑，草木传芳。

2018.4.20 记于齐云山

水山迤逦峰嵘云烟峰裹婆娑剥蚀澜浩荡墨黻气韵宛荟奇景唐宋遗风邦循鹰势又开新境把丹青问遍华山论剑凌霄处谁人应尋胜天涯兴旅画寿峰石胜行袭南家北派诗心犹化少年憧憬愿足宏圆无边气象才情尤逊诸春云伏步秋光万里正直豪情

盖调寄水龙吟读范扬写生集
岁在辛丑冬书于松韵堂 逢俊

周逢俊　书法自题诗（《水龙吟·读范杨写生集》）

入夜雨風驟不憐惜，愁到曉誰憑藉。淚珠盈盈看櫥窗無意識。秋聲錯失良辰風夕轉旬，哪得閒情涼光無恙。漸覺生愁篱不住行槳。小魚鳴調寄臨江仙秋夜聞雨

歲在辛丑冬於松韻堂逢俊

周逢俊　书法自题诗（《临江仙·秋夜闻雨》）

临江仙·秋夜闻雨

　　入夜雨风听不懂，寻愁到晓难凭。庭前花木绿盈盈，细看梢处，无意识秋声。

　　错失良辰风月转，匆匆哪得闲情。流光无奈渐寒生，垂帘不住，落叶小虫鸣。

2018.8.8 晨记

采桑子

　　春深有约缘花畔，别样幽馨，携手桥亭，梦与诗心怯怯行。
　　偷闲休管明朝事，烈烈情生，直唤卿卿，一夜风声共雨声。

2018.4.22 于新安江畔记

唐多令·横江行

疏栅绕松篁，林花露晓妆。雾初开，画里清江。一去归来愁梦短，浅水渡，故人伤。

循步路嫌长，春堤任柳狂。怯生生，疑在他乡。小镇桥头迎旧客，备陈酿，煮茶香。

2018.4.22 记于小壶天记

凤凰台上忆吹箫·春江即雨

花草迷离，野山流丽，翠烟轻散蒙蒙。往渡头村岸，意与春融。一片绯绯淡淡，垂柳下，绰约扬风。游观处，云飞意转，碧水匆匆。

今逢，却懵此际，寻觅却无痕，远近重空。念去时回首，魂附惊鸿。四十年来幽梦，心未老，离别时同。芳华地，春愁日添，旧影朦胧。

2018.4.23 于新安江畔

临江仙·写生遇雨

连日阴晴时不定,水山太过豪奢。争奇越野绕桑麻,满园春色,红杏绽如霞。

且向柴门观阵雨,犬来拦住篱笆。惊呼错把当邻家,开门一笑,二八少年娃。

2018.4.24 记于新安江畔

六丑·过雄村

探前朝旧事,渐水畔,曹家豪宅。相门府深,残墙尘满壁,冷暗幽寂。锦绣衔雕阁,境回廊转,看水山阡陌。金钗玉带云烟客,一梦风销,凄然作昔。桃花坝前春色,正游人兴旅,迎送朝夕。

凭栏嗟惜,剩祠鸦老柏。碧桂林阴下,愁历历。人间富贵谁敌,算前秦后汉,盛衰难测。无常事,运无天律。应是处,野草凌霄蔓瓦,漏天斜昃。嘲它是,帝子封立。祖庙前,宝马香车过,何人恻恻。

注:雄村,为曹振镛故居,曹历事乾隆、嘉庆、道光,为三

朝元老，官至首辅大臣，恩荣盛极，赐"四世一品"牌坊；浙水，即新安江渐水段；桃花坝，曹父曹文埴曾赋诗以桃花源自况。

2018.4.28 于徽州

兰陵王·谒周祖陵

凤城崛，苍壁雄崖屹屹。东山势，松柏绕云，一拔孤高万山列，风沙壮古阙。天辙，轮回不绝，光辉处，宗祖圣灵，千载悠悠谒人杰。

流光岂堪阅，叹百代沧桑，天道崩裂。江山常易还更迭。看暮色残照，落霞山海，遗风过尽壮气没，见鸦唳寒月。

思越，对谁说。昔战国春秋，秦汉优劣。王公帝子如烟灭。问治乱当下，几存风物。人心何往，祭厚土，念大哲。

2018.5.21 下午于甘肃庆阳县城

醉蓬莱·游蓬莱岛

　　壮神游浩瀚，赴岛听涛，一天风雨。欲问三山，向烟波深处。昔日迷踪，往寻方士，竖御帆开路。帝子频催，回澜莫测，几人归渡。

　　幻影朦胧，玉台虚渺，异草琼花，慕它鸥鹭。谁见长生，算八仙迁鬻。命有阴阳，气接天地，振扶摇鹏旅。我独翛然，从容开翮，自由飞去。

　　注：秦皇汉武寻长生药，曾几渡蓬莱不果，武帝便立此岛为蓬莱，故名。

2018.6 记于蓬莱阁

水调歌头·承德行
——应友人嘱题

　　山海渺茫处，苍岭度长城。皇家玉苑千里，风水任吾凭。莫道江南游梦，此醉松风八景，锦绣胜天庭。古道绕街市，万象又更生。

青山秀，日月转，向新程。连屏画里，楼阁金殿耸云薨。上可巡天追翼，下有飞龙驭客，得意自由行。三两好兄弟，兴步正纵横。

2018.7 于松韵堂

青玉案·白水村吊柳永

匀香清露莲花白，晓风翠，溪山碧。燕子呢喃飞巷陌，锦屏堆绣，物华超昔，不是风流色。

轻愁难解风人逸，草木含情旧时迹。小径而今踪不觅，须臾过客，枯荣历历，天意深难测。

注：柳永故乡（出生地）福建崇安县白水村上梅乡。如今村埠接野，故居遗址亦无从查考。

2018.7.15 于武夷山下

念奴娇·过福州古城

清幽佳境，问谁家这等，书香门户。水阁前廊纡后院，花草美人嘉树。七巷三坊、前朝后世，都是才人处。风流何止，古今豪杰无数。

箫鼓韵自烟流，残山铭隐，闲绕鲜苔路。旧绪萦怀愁不尽，只恨人生虚负。退叟难寻，冰心往矣，"天演"人何去。匆匆凭吊，一城斜日临暮。

注：退叟，林则徐晚年自号；冰心故居，杨桥路口南后街西侧；《天演论》严复著，郎官巷为严复颐养天年之地。

2018.7.18 记于福州

蓦山溪·谒辛弃疾墓

千年来见，促步寻山面。越野又重溪，静幽处，蝉鸣鸟啭。竹烟松影，妩媚过青山，多少羡。豪气散，细品声声怨。

人生荣辱，几得英雄汉。功业寄平生，毕竟是，丹心入翰。算吾今世，白发对天愁，前未卜、空有愿，怅里凭谁叹。

2018.7.25 于江西铅山

青玉案·闻夜雨题

深宵寒意凭难估,更无奈,听秋雨。往日乡心千万绪,这头游子,那头父母,愁字伤孤旅。

别时鸿雁迂回路,只恐人情最难负。怅望苍茫无着处,楚山宏阔,依然旧渡,心事何人诉。

2018.9.2 晨记

临江仙·萧伯纳塑像前留言

雾失湖滨轻自影,犹闻旧日秋声。风多杂涌合涛鸣,残年身隐处,岁月是峥嵘。

壮气也曾惊浊世,愁怀到底难平。悲欢回首意纵横,心随潮汐转,戏剧看人生。

注:尼亚加拉安大略湖湖滨小镇为英格兰戏剧家萧伯纳先生晚年寄居地,这里每年举办萧伯纳文化节。

2018.9.25 于安大略湖滨小镇

念奴娇·尼亚加拉大瀑布

不须仰望，汇千川激下，海平低处。开魄自由经九曲，多少情怀难诉。大壑冰融，风生万里，共拓荒原路。撕开裂嶂，直穿寒曙朝暮。

遥落碎玉惊澜，急流不怠，腾起漫天雨。切莫徘徊行怯怯，更有几番揆渡。浩浩飞思，蒸蒸气动，化作潮头去。秋光无限，壮游天下谁与。

2018.9.26 记于多伦多

水调歌头·重阳游阳朔

朝雾半峰白，玉影列金屏。潮来休管深浅，浪漫溯秋声。重过筼亭柳渡，闲品沙洲旧景，九曲到兴坪。携酒上苍壁，即咏会高朋。

光阴累，三径短，意纵横。大江南北，风雨不弃向峥嵘。几废青春无奈，百岁蹉跎哪肯，未竟惜余生。丈步揆云路，万里自由行。

2018.10.13 于兴坪

浣溪沙·刘三姐对歌台留言
——致黄婉秋女士

对诉芳华两自哀，东风那夜别歌台，腥红曾照雪香腮。
正是秋光重旧韵，恍如残梦绪悲怀，霜枫摇血祭苍崖。

2018.10.20 记于阳朔大榕树公园

汉宫春·流杯池怀山谷翁

秋水平波，看疏红轻翠，一叶扁舟。岷山曲进，过尽坎坷沉浮。诗书小慰，却能平，尘世寒愁。人去处，流杯歇趣，空余千载名楼。

庵里静观朝夕，赏烟云叠嶂，古树香丘。闲来鸟声唱和，一曲清流。勤堂累牍，到头来，轮作人囚。天地远，心安自在，寄情独与悠悠。

2018.10.28 于宜宾

水龙吟·除夕题感

几多无奈愁生，京门怅向丘山远。寒天一色，阴晴无忌，舟车辗转。惊自江城，封行万里，天机何辨。惧新冠病毒，风霾布阵，踪无觅，形难面。

回首不堪泪眼，纵登高，楚云迷岸。大江南北，往来行迹，苍生多难。百岁忧兼，天灾人祸，寸阴如煎。又烟花爆响，望乡关处，独朝天叹。

2019年除夕于北京记

雪梅香·邂逅

向晚翠微大厦购物，门前忽闻乡音，循声打问果邻村乡人也。言年底工头匿身，还乡盘缠不获，唯街头叩问雇佣，短工维生耳。复念家不能回，声泪俱下。余黯然自忖，曩者屡遭宛若，感同身受，不禁悲从中来，恍惚天涯同是。遂共妻儿凑随身万余元相与，嘱其火速还家团圆。归来临窗，波澜心绪，是以记之。

北风紧，尘沙漫漫过黄昏，望朦胧山色，遥遥怅接阴云。百绪年头怕归里，万般纠结系孤村。夜难寐，泪眼凭窗，儿女犹闻。

　　惊魂，几回梦，父老催程，岂敢陈因。楚水苍茫，只教断雁难循。莫问春秋待何去，但看花落树添轮。悲心事，往世今生，人鬼芸芸。

2019.1.2 夜记于天通苑

烛影摇红·雅集

　　岁在戊戌腊月，与诸诗家于峨眉酒家一聚。酒边南广勋命笔分韵"恰似一江春水向东流"各为词一首，余得"似"字，南老笑曰："似"韵难为，奈何既出。余敬谢不悖，岂计工拙雅俗，勉成一阕，或可自得。

　　遥夜灯辉，遣怀酌韵情何似。连屏鸿雁竞长霄，香溢梅花几。小有灵心妙比，恐人前，词成不绮。几番圈点，一任良宵，寻痴问醉。

　　各自风流，句惊一字添憔悴。欣然敲节诵新声，琴转风人意。平仄难分我你。待燕山，春风迤逦。百花林下，咏宴重开，传花游戏。

2019.1.22 于北京东城

蝶恋花·《画堂春》观后题

应北方昆曲剧院作曲家姚昆宏女士邀请,观赏由该院创作以纳兰与卢氏生死爱情为主题的昆剧《画堂春》。

一幕《画堂春》意好,戚戚凄凄,箫管愁人调。如梦年华云水渺,天涯何处寻芳草。

情到别离生死恼,化作青春、比翼双飞鸟。岁岁相依山水绕,和声合与春光老。

2019.1.23 记于北京

水龙吟·岁末立春寄语

醉来直抵乡关,舟车辗转应归旅。悲欣果腹,难平激荡,只争年去。料得愁心,唠叨泪眼,堂前听诉。忽醒来一梦,匆匆卅载,青山在,人何处。

不胜凭高却步,又寒流,怅听云雾。花潮问讯,田园风色,几填新赋。北国而今,尘沙漫卷,阴晴难度。寄佳词往祝,新年日暖，照苍生路。

2019.2.4 记于松韵堂

雪梅香·迎春

望天际，清风带雪乱纷纷。渐无边飘舞，茫茫暗入黄昏。雁断寒霄过残岁，梦随香径慰幽村。赴年约，两处冰封，人似游魂。

情真，意先抵，绿绮声微，浅笑尤闻。携手寻诗，美人共度良辰。分韵低回小鼙蹙，接言斜掩嫩颊匀。垂帘处，一树梅花，如沐三春。

2019.2.14 夜于松韵堂

苏幕遮·元宵

夜深深，思远际。愁上眉头，月逊儿时意。笑逐花灯三五地，那夜迟归，又恐高堂累。

梦难回,追旧忆。点点繁星,都是思乡泪。岁岁今宵尊上位,满席佳肴,岂是当年味。

2019.2.18 记于北京

江城子·元宵遇雪

晓来白玉裹疏梢,雪飘飘,起寒潮。烟花未放,满月失清霄。明日回程天不舍,惆怅处,路迢迢。

伤情总在五更唠,静悄悄,打行包。千言重复,风雨莫煎熬。北地乘车愁送旅,人去也,泪滔滔。

2019.2.19 记于北京

水龙吟·松韵堂春和雅集

雪花未尽飞屑,梅梢渐自传消息。冰河玉碎,寒林日暖,烟岚如织。莫待芳菲，清明观雨，踏青阡陌。有诗朋雅集，意先郊野，怀春处，东风急。

不向云山仙觅，杳香丘、桃源难测。尘封魏晋，汉唐余韵，几曾分色。今作狂生，畅缘诗酒，风流争昔。问春潮涌动，江山谁与，作行吟客。

2019.2.23 记于松韵堂

小重山·二月二

细把青梢嫩裹头，小心寒气重，独春愁。江南北国问何由，风景异，万众望龙头。

昨夜到香洲，花开篱下满，自风流。萋萋晴翠照山楼，惊晓梦，迢递隔云丘。

2019.3.8 记于松韵堂

周逢俊 《樸华园》 2011年 50cm×50cm

周逢俊 《乡土记事》 2011年 45cm×33cm

蝶恋花·徐志摩纪念馆题

风雨街头寻旧韵,暮里飞飞,满地残春讯。花落花开叹一瞬,芳华一去无人问。

几度淡烟销爱恨,留住沉香,到底比花润。莫笑才人多自损,诗魂化入春无尽。

2019.4 记于嘉兴

多丽·清明

故园归,风和百里霞晖。望银屏,婆娑绰约,春色曲尽逶迤。抚田畴,油油清翠,过云涧,新柳盈垂。粉杏残墙,夭桃旧院,野花摇曳草萋萋。半湾渡,迷舟渔隐,惊起鹭飞飞。烟波渺,姥山丽影,仙阆频催。

念流年,清明过处,怎奈风雨凄迷。客天涯,落花入暮,满眼是,梦断依稀。倦旅孤行,愁家万里,恩风飘絮未曾回。别时路,而今簇拥,循旧绕芳菲。宗祠下,后生不识,追问人谁。

注：姥山，即姥山岛，巢湖中最大岛屿，林花繁茂，楼台隐筑，与忠庙遥相对峙。

2019.4.6 清明于巢湖银屏山

江城子·查济晨作

春眠未醒鸟声迷，草萋萋，落花迟。青山销韵，归客变情痴。过往游人争雨巷，流色伞，绕双溪。

雕窗含翠小峨嵯，旧门扉，意难追。恩荣一瞬，春去转秋衰。及第书香今在否，循旧影，路逶迤。

2019.4.17 记于泾县查济古村落

满庭芳·登烟雨楼

烟雨潇潇，暮春时节，落花飘忽垂漓。满湖销得，香影渺如飞。

不胜无边色减,尽迷乱,过眼情随。登高处,轻愁不肯,僾僾又思谁。

逶迤,循旧韵,游园草径,寂寞观漪。想多少风人,几遇佳期。鸠鸟关关旧日,朦胧里,玉立蛾眉。今何在,芳洲寻遍,枝茂叶争肥。

2019.4.29 记于嘉兴南湖

行香子·南浔

水巷幽长,雨燕低翔。深深绿,清绕花窗。波光争韵,舟女歌扬。过刘家祠,张家府,千家坊。

小屏徐展,穿柳回航。记不清,多少桥梁。蹉跎曾忆,孤旅他乡。似往时愁,梦时怅,醉时伤。

注:南浔古镇有著名的小莲庄,为巨商刘镛私家花园。

2019.5.2 记于海宁

忆旧游·西湖记事

　　入清泠翠韵，柳拂匀波，初霁澄明。远树云中俏，见霞飞散野，点点流莺。暮春欲近西子，山水丽如屏。绕小小香堤，残花淡淡，一绪空凭。

　　峥嵘。怕登览，望锦绣钱塘，心自难平。百代繁华地，听潮头翻覆，依旧惊鸣。虎狼几乱天下，成败赌苍生。问冷峻三台，为谁碎骨千古名。

　　注：三台，即三台山，位于西湖畔，为于谦墓地；于谦《石灰吟》中有"粉骨碎身浑不怕，要留清白在人间"。

2019.5.4 记于温德姆豪庭大酒店

六州歌头·松韵堂"夏永雅集"题并诵

　　朝花未谢，暮已送残芬。春归处，无踪影，落缤纷，入新辰。松韵堂重聚，一壶茗，闲销静，清尘绪，追旧忆，赏嶙峋。恣意放怀，慷慨言无忌，字字千钧。问烦心多少，家国系长辛。不胜愁犨，是风人。

叹无情是，须霜白，筋骨损，辈高伸。回首梦，空自省，愧儿孙，意逡巡。掷地铿锵句，化雷电，荡风云。狂未尽，时光转，绕年轮。坐上传花击节，依然是，烈性情真。向未来斟满，酒尽壮诗魂，再祭诗神。

2019.6 记于北京

水调歌头·南塘观荷花

村角一湾静，烟草满南塘。轻摇玉露犹怜，出水意飞扬。滴翠光鲜竞艳，万种风情烈烈，朝夕换新妆。快意孕莲子，莫待夜来凉。

日脚快，青春短，却愁长。分分秒秒，心事何必费神伤。不信秋声听妙，不信残荷悲雨，浪里也疯狂。世俗无清净，我自一亭香。

2019.7.21 记于宋庄

洞仙歌·晨登戒台寺

　　衔峰半露,隐翠华仙境。雾散朝阳尽辉映。入清幽,枫色斜俏西风,寻思处,独步蛩鸣小径。

　　山高声自远,钟鼓晨昏,人世悲欢逐尘影。古塔柏森森,寂寞鸦乘,多少问,凝愁谁凭。眺寥廓天开壮思飞,野菊正花香,细评秋兴。

2019.9.1 于京西戒台寺

卜算子慢·重阳游归园

　　香帘半卷,鸿影断飞,正是一天秋雨。旧壁空楼,几树落枫惊暮。怅黄花,寂守阑珊处。怕远望,登高不胜,愁云万里寒楚。

　　大义天难否。弃丽质轻身,以全京户。帝子逞强,怎抵袅娜弱女。慨而慷,庚子谁辛苦。诉不尽,前秦后汉,奈红颜多侮。

　　注:归园,归园为赛金花故居,位于黟县西递、宏村之间。

2019.10.7 记于徽州

江城子·宏村

秋光冷艳照乡关。绕回川,复幽山。画屏十里,楼阁隔清澜。半树萧萧零落处,红叶雨,独凭栏。

雕门府第越千年。耸檐间,过云烟。兴衰往复,谁在叹秋残。小巷忧深难解意,循古道,问阑珊。

注:宏村门坊高筑,雕梁画栋,街巷纵横。府邸声名远扬者,为民国初财政部长汪大燮私宅。

2019.10.19 记于月沼畔

桂枝香·登篁岭

江南妙境。正万户晒秋,登临篁岭。纵览天街如画,醉枫尤耿。酒旗翻卷云头市,看霞辉,旅人争凭。几株嘉木,一壶陈酿,细销光景。

府邸下,闲思老井。昔勒封更迭,多少他姓。莫问今居旧主,是非谁证。千年风水营秋色,不过浮华梦如影。竹溪无尽,时光往复，有谁先省。

2019.10.23 记于江西婺源

雪梅香·上元夜惊闻新冠病毒扩散询友后题

　　望无尽，茫茫白雪又浓云，复江山争暗，阴风万里声闻。禁毒愁城闭长夜，隔魔惊阙跨新辰。有朋辈，劫难重逢，含泪离分。

　　何询，一生路，几去迷途，几去欢欣。祸自何来，命中只叹前因。怯向山中卜凶吉，枉添香火寄人神。伤心处，野草花开，难掩新坟。

2020.2.7 元宵节记于北京

疏影·端阳节怀古

　　忧逢忌日，忆那年屈子，凭远叹息。寂影长销，寒夜星辰，青山处处难觅。声声鼓急传悲愤，却不见、归踪神立。楚水中、抱憾千年，负石一湾孤魄。

　　莫问前朝几姓，兴亡反复事，无道行迹。代有高贤，引戮狂歌，不过飞蛾追熠。秦皇汉武江山裂，得势者、几番家国。看古今，多少英雄，断骨不知谁惜。

2020年端午节前夕记

望远行·金庸故居题

　　渔樵对饮，评今古，只对英雄添酒。死生悲壮，爱恨情仇，一怒御风行走。仗剑披蓑，龙虎霸夺天下，谁是武林高手。问江湖，人道江南笔叟。

　　天授，千卷汇腾烈马，欲荡尽，世间缠纠。勃郁不平，凛然义气，何惧海渊崖陡。纵有削身千劫，横刀慷慨，笑别红尘亲友。慕大侠风采，精神如抖。

2019.4 于嘉兴
2020.3.13 改于北京

声声慢·江城夜雨

　　江天溟溟，入暮黄昏，无边细雨咽哽。卧拥春宵帘下，梦回还听。愁来不胜永夜，诉与谁，满城清冷。黑暗处，过三更，陌上有花难凭。

　　寂寞怜她孤醒，传《日记》，方方一言销静。料那荒丘，想必鬼灯耿耿。霾云更兼路短，到天涯，怎奈窘窘。最怕是，劝楚子更改氏姓。

2020.3.21 记于松韵堂

醉花阴·郊游偶句

　　小堡翠屏堤上柳，云水林间瘦。三两杏花红，不见游人，封路还封口。

　　自由终破重楼囿，被一窗春诱。陌上合家欢，追步身轻，竟与儿孙走。

2020.3.28 记于宋庄镇运河森林公园

满庭芳·燕郊行

朝暮轻寒，姗姗春步，渐陌头杏先开。独行寻觅，佳句总难裁。青翠无边碧野，循次第，更上云阶。风云事，天高难测，乘兴入山崖。

叹哉，多少聚，婆娑丽影，不再重来。惜香草菲菲，空茂登台。疫地沉封太久，风雨后，几日晴谐。回头路，春光乍起，绕道遣愁怀。

2020.4.12 记于京东

六州歌头·暮春吟

（平仄韵互叶）

抱残掩翠，尤怕出风头。枝上瘦，山雨骤。色轻留，对天愁，惨淡香消后。池边守，难为秀，蜂蝶溜，重重柳，栅双鸠。阡陌远岑，春色须臾走，薄暮蜉蝣。楼台青障里，禁足短花洲，万绪无谋，怅孤囚。

惜春思旧，心何囿，多少谬，付香丘。年少斗，情志陡，壮豪游，气难收。把盏呼盟友，江湖久，弄潮舟。看不透，青春诱，成空眸。事事平庸，忽作儿孙叟。怎悔轻筹，看荣花衰草，冷暖去无休，几得风流。

2020.4.28 记于往太行山途中

双双燕·沈园

　　似寻梦处，看晨雾绯绯，旧时清泪。泥香草径，怎负岁深花累。扬入风头色褪，但有恨，怜来婉美。梢头只有双莺，絮说悲情滋味。

　　流水，浮烟翠翠。过九曲无寻，是非难抵。桥头行影，尽笑满园痴醉。尤到缠绵那会，剩粉壁，词心憔悴。无尽细雨春愁，奈听落芬坠坠。

2020.4 应诗友作并记

拜星月慢·山月

入夜清泠，林深风静，正是山崖月出。廓外云分，泻清辉初白。朗环处，矗矗、孤凭共与千仞，举首高寒深碧。广宇空迷，看星辰行迹。

惜朦胧、几度风流客。听天籁、隐约伤心笛。怅怅不忍愁思，总辞穷难述。问苍茫、亘古今还昔。人何似，转瞬流光溢。对皓皓、驭梦西乘，羡银河熠熠。

2020.5.7 记于太行山石板岩

雨霖铃·过清东陵

金昌连崛，绕屏三水，八景封隔。琉璃耀接金顶，登高揽胜，森森薨阙。供列神龟异兽，并文武腰折。万佛殿，金玉何寻，一撮孤灵锁寒穴。

嘲它野草闲生悖，乱开花，点点残丘血。枯荣只有风绪，三百载，尽传鸦舌。试问兰儿，何在、婆娑更叹豪绝。几转世，又散贪魂，只到江山裂。

注：金昌，金星山、昌瑞山；三水，即马兰河、西大河、龙门河；兰儿，兰贵人慈禧。东陵八景，黄花秋色、万佛生辉、燕山明珠、汤泉怀古、山舞银蛇、九凤朝阳、鹫峰浴日、雄关猎场；万佛殿，乾隆裕陵里的佛堂，后被军伐孙殿英洗劫一空。

2020.6.5 记于遵化

莺啼序·华清池怀古

闲愁最须遣兴，绕骊宫小径。似游梦、神杳徐回，觅那榴韵梨影。晚霞里、前朝贵胄，临风笑拥争豪乘。过重门，古木逶迤，旧时情景。

翘势檐飞，苑映锦绣，正红光耀顶。歇亭阁、烟柳婆娑，菡荷摇曳千顷。倚氤氲、绯绯绰约，送清气、峣峣云岭。入瑶池，金玉环通，引人思境。

津流碧翠，玉兽含芬，匠奴艺也劲。造妙处、泳龙游凤，蝶蝶宫娃，袅袅婷婷，媚含憧憬。前秦后汉，颜非香损，芳华歌舞笙箫地，竟难疗、帝子风流病。江山国色，愁眉几许倾心，拥欢夜夜销静。

开元盛世，铁马天街，叹马嵬冷冷。说什么、宫廷频乱，祸起佳人，剑气寒收，李家谁凭。琼浆沐尽，花波还濯，朝更朝迭衰盛趣，到头来、难计仓皇命。今宵多少衣冠，玉液龙蛇，醉都酩酊。

注：天街，韦庄《秦妇吟》有"天街踏尽公卿骨"句。

2020.7.3 记于临潼

宝鼎现·敦煌饮别

玉门寥廓，寂寞星野，阳关残月。思不住、遥秦幽汉，多少苍生销白骨。绕古道，向西凉都市，城角残云溅血。暮欲暗、千年壮韵，哪懂风沙悲烈。

昔数唐盛开元热，国门开，签尽关牒。思那梦，敦煌不夜，胡舞长宵戎狄节。万佛洞，塑丹青奇异，总叹灵心技绝。问道是，长安客满，正往驼铃出阙。

家国易主无常，今古几评江山裂。抱珍文千卷，都怨僧人卖窟。酒不禁，诉青春劣，拭泪同君咽。二十载，西域相逢，一笑而今白发。

注：敦煌曾为西凉都城。僧人，指民国道士王圆箓，他意外

发现藏经洞,又将洞窟中大量古代文献卖于洋人;画友,二十年前余在兰州举办画展相识,其为敦煌修补壁画。

2020.7.15 记于敦煌

夜半乐·琴台随赋并序

  昔时赴邀约游锦城杜甫草堂并浣花溪琴台,行旅多结新知。川中林子铭兄好古,亦喜弄笔墨,隐山林少与世交,著作以《兰溪集》自况。又尝危言画坛穷途末路无特出矣。然其独赏吾诗吾画,有说如见故人。今日彼莅京枉驾,索手卷《浣花溪游春图》以庋藏。吾感其诚,即援笔当面泼墨应命,收笔之际彼鼓掌直呼大快。因忆老杜《琴台》句,旧触频仍,不无新怀,遂题于卷头云耳。

  浣溪雨歇清绕,园林谜影,云锁琴台路。渐万象和明,淡山绯树。柳风袅袅,花容竞耀,鸟过香草千娇,意闲轻步。隔栅里,朦胧探春处。

  挑情妙寄绿绮,凤啭凰鸣,巧缘天赋。随运转、才人青云高骛。爱长相守,蛾眉递韵,一弦拨醉千年,羡传佳侣。那宵事,风流越今古。

周逢俊　《拙政园》　2022 年　65cm×45cm

周逢俊 《花鸟小品》 2012年 68cm×45cm

是夜难拟，误失春心，约期难赴。恨四十年来梦中遇。问花溪，多少岁月悲欢趣。猜不透、却向春前妒，一双飞鹭巴山去。

2020.8.1 于松韵堂

念奴娇·登黄鹤楼

登临日暮，望秋高绪远，楚山风色。横亘苍茫无限杳，几易汉唐陈迹。黄鹤遥情，龟蛇雾影，浩浩踪难觅。风人安在，往来愁听航笛。

雪浪点点行舟，故城残垒，千古江山魄。惯看沉浮风雨地，一曲诗心难译。试问归鸿，乡关不待，都是匆匆客。孤凭谁与，大江潮入沉寂。

2020.8.22 记于汉口

西河·七夕

多少苦，云河郁郁难负。相思望处隔风涛，鹊桥引渡。一年一次一宵情，人间嗟叹无数。

最难转，离别步，怅然忆里游艅。空空渺渺又思思，月斜日暮。雁回比翼自由飞，平添多少愁绪。

梦欢醒与寂寞住，看繁星，遥惜孤处。慕那世间情侣，任青莎旷野婆娑嘉树，天角茫茫无寻路。

2020.8.24 夜作于松韵堂并记

六丑·故宫怀古

探幽宫草径，侘寂处、尘封难阅。柏松倚斜，疏萧还郁郁，老干苍裂。六百年衰盛，两朝风水，剩一摊残缺。宫闱秘事传人舌，铁马弯弓，龙兴虎烈。而今戏评无忌，听茶围巷陌，闲味优劣。

残阳凝紫，又秋风落叶。乱影惊蛩泣，寒冽冽。当年国破崩阙，尽腥风血雨，庙堂摧灭。烽烟散，战旗风折。叹御苑，粉黛金钗易主，花开新月。轮回是，唤作人妾。最不堪，聒噪遗鸦兴，哀声不绝。

2020.9.3 于松韵堂

哨遍·白岳秋雨吟

　　不忍雨声，凭枕又听，到晓人难寐。云雾浓，红叶半山萎，渐潇潇随风飘坠。日势微、悄留两三残色，纷如乱蝶神如醉。融寂寞秋寥，蛩鸣点点，垂帘却是人悴。更怕它风啸过重廊，起坐对孤灯尽伤悲。无限秋思，不胜清寒，怎禁次第。

　　噫！遥近频摧，不知何处情归寄。愁字难散尽，时光闲处尤累。叹不胜轮回，盛衰一世，今生岂被平庸毁。纵苦旅平生，峥嵘莫测，人嘲吾老休矣。对镜中白首问是谁，满脸尽沧桑忆难追。看茫茫、大千如谜。神山香火千炷，毕竟秋无际。滴檐珠落黄昏又转，怎奈低吟抹泪。杳听仙境鼓声稀，度云潮，断雁孤唳。

2020.9.20 雨夜作于月华街

疏影·咏梅

庚子冬大寒，人言百年不曾遇。昨日连宵风雪，燕郊旧雨雅人深致，相邀赏梅。梅下操琴者佳人也，白乐天"先有情"之谓。觥筹间余得一"雪"字韵，兴至作此调以志。

流云带雪，向六朝坠坠，燕里寒彻。玉蝶飞飞，天角迷茫，眸光不尽阴郁。城深独拒思宵短，二三子，清园相契。寂寂中，影入黄昏，早有暗香风烈。

堪忆声名远近，一生使小性，孤傲难越。洁守无尘，不改冰心，只取诗魂如血。东君劝合枝头讯，固有信，俏然酬月。算古今，谁与情同，耿耿看他风骨。

2021.1.25 夜记于京郊潮白河畔

水龙吟·除夕答友人

岁头犹问游程，冠魔未阻逍遥讯。远方唤我，诗囊画旅，芳林高峻。山水连屏，花开如梦，笑迎霜鬓。驭云心飞焘，自由仙境，春风起，寒销尽。

庚子纵横万里，惜匆匆，各分争寸。天山仗步，华峰孤绝，放纵千仞。虎跳江峡，壮怀雪域，襄阳寻隐。又年关朗日，运筹迢递，再吟新韵。

2021.2.10 记于松韵堂

蝶恋花·上元夜咏梅

有秦人好梅，喜吟诵，集梅诗；游名山，行踪不定，被村邻称谓奇人也。其平生惟与梅花结缘，故自诩半亩园梅道人，独居西京城外。十年前余入秦岭写生，于太白山邂逅，一见如故。辛丑年六十岁生辰日，嘱余作老梅数枝，并题蝶恋花词一首，以励其志。

幽梦又回阡陌住，独向深宵，疏影苍茫处。星月高寒愁几许，相看唯有梅花趣。

一弃天涯风雨路，扭曲心身，恨被东君误。乱蝶飞来犹自侮，春头莫问逍遥去。

2021.2.25 夜记于松韵堂

江城子·元宵寄题

　　哪堪憔悴绕愁明。意难平，为谁盈。相愣三载，寂寞照封城。百绪揪心销自饮，南国望，月寒生。

　　楼头自是叹伶仃。夜苍横，路催征。天涯倦客，拭泪忆长亭。岁岁今宵思别后，同有寄，两空凭。

2023.2.5 于北京松韵堂

我的诗路与诗观

——《松韵堂诗词》后记

周逢俊

（一）

我自己实在是无法知晓，今生今世怎么会与诗画结下脱略不得之缘。

翻开宗谱族史，宗祖自中原汝南逃避战乱、迁居南巢始，迄今500余年，不曾有过与文化阐扬、艺术传承有关的记载。世代口口相传，也未曾听说银屏山周氏家族出过什么有名的画家或诗人。

巢州地方志载，唐人已有谷雨登银屏山仙人洞看牡丹习俗，而周氏祠堂就建在仙人洞大岭深处，可以说独占风色。遗憾的是，祠阙高耸，却没留下令后代引以为傲的哪怕是断碑残铭，惟见历代名人骚客络绎不绝留痕——这里的苍崖石壁间，迄今还镌刻着欧阳修的一首七律："学书学剑未封侯，欲觅仙人作浪游。野鹤倦飞为伴侣，岩花含笑足勾留。饶他世态云千变，淡我尘心茶半瓯。此是南巢招隐地，劳劳谁见一官休。"咫尺之遥，家族中却鲜少有人知道这首摩崖诗篇和作者大名，竟也契合"劳劳谁见"一语。

破天荒，我竟成了这个家族既喜欢书画也喜欢诗文的一个另类，独一无二，且注定要为这冒失的选择，经受一辈子难以想象的磨难和困苦。当然，在过去那些窘迫的日子里，能给我些许安慰的也恰恰是诗，诗成了我唯一的精神支撑。

葱葱郁郁的银屏山起伏跌宕，连绵不绝，横亘于江淮之间的平原上。而大岭这个古老的村落如一片被遗弃的洪荒寂野，在银屏峰下的乱石杂林间趴伏着。人们长年累月，在此开荒种地，繁衍生息。四围青山，层层包裹着谜一般的生机和阒静；四季更替，是永恒不变的轮回接续。

70年前，一个百年难遇的大雪封山之夜，响起了我的第一声啼哭，充满焦虑和不安。那一刻我的感觉无疑陌生之至，仿佛咬破了百年家族的农耕意识茧房，循循相因的家道一下子乱了秩序。

扼住命运的咽喉说来容易，朦胧而又坚定的志向如同一片暮春的花瓣，一直在风雨中飘摇，久久未能落定。岁月峥嵘，道路坎坷，命运与理想的反差始终难以逾越。憧憬在尖锐对立的矛盾中明灭不定，诗画成了我不祥的预感，同时又魔一般地成了砥砺我人生的利器。

有时我会想：假如我是一棵蒿草，为什么却时时做着乔木的梦；假如我是一株乔木，为什么又只能当蒿草生存。或者说，在没有诗意的年代里，我却怀着浓浓的诗情寻找韵律的快乐；在看不到画意的生活中，我偏用牧牛的鞭子当画笔，发泄着多彩的想象。

九岁，上一年级。四年后，母亲让我到生产队干农活。15 岁，兼学泥瓦匠。在没有书读的时代里，父母口头传授的那几首诗歌早背诵得烂熟；在那段时期，我跟几个从城里下放山村的老先生学习绝句。

我在还未成年时，已经是这个村"出类拔萃"的准劳动力了。尽管如此，学诗学画的欲望反而与日俱增，常常莫名地哀伤，一副多愁善感模样，小小的年纪既疾恶如仇又只能无奈隐忍。发泄是写诗的动因和初衷。可是，或许天赋还没能显示出足以让我准确地表达的力量，我彼时只能仰天长啸。平庸使我自卑，哪怕多么于心不甘。

我 18 岁那年冬天，发生了一件祸福两倚的事情：银屏区委大院在建一座招待所，临到我值夜班时偷用探照灯画画，被从城里开会、风雪夜归的区委唐叔堂书记发现，予以批评教育的同时，发现我原来是个"人才"，便通知区文化站上报。不久，在建筑工地上，我接到一封让我兴奋得觉都睡不着的通知——参加"巢县文化馆工农兵业余创作学习班"。

自那时起，每年都有一至两次上美术班学习的机会。什么叫"暖色"，什么叫"灰调子"，素描、速写、水粉、油画、木刻等等究竟是什么名堂，都是那时在老师的指导下，进行各项练习时知道的。

那时文化馆搞美术的老师只教基本技巧，我们这些人造型还没学会就开始创作，仅学来一点儿"皮毛"就投入"战斗"，被光荣地称为"文艺战士"。所谓"作品"，也无不打上那个时代的鲜明烙印。

随后几年不断升级，我又先后参加了地区、省级创作学习班，一去就是十天半月，最长达两月有余。工分则按文件规定，由生产队循评定劳力等级记取。后来，生产队长认为我去城里画画是自己的事，还要队里记工分不合理。不记工分就不记工分，不记工分我也去！于是，我一下子就成了村里多余的"不务正业"者，也成为家里的累赘。

我的视野渐渐开阔，开始感受到搞艺术的无穷乐趣。但哪里又能知道，对于我来说，这正是命运的悖论——一个"三无"人员仅凭一点爱好就想入非非，下面的路可怎么走呢？我在惘然中很痛苦，找不到方向，渐渐地开始用小诗来发泄郁闷的情绪。

早春正是种树时节。记得小时候有一次，我跟随父亲在菜园里种杏树。种到最后，父亲把剩下的一棵弯曲小树苗胡乱扔在篱笆墙外。没想到十年后，园中的杏树依然萧疏零落，而篱外那棵被抛弃的杏树却干如碗粗，花团锦簇。我大感欣喜，随口诌了首绝句："自惜当年掷野荒，春风篱外独凄凉。生来岁久无人问，一绽满园压众芳。"诗虽然浅显，口语化，但强烈表达出我的寄意。

1975年，工农兵业余创作美术班推荐我考美院，结果因家庭"社会关系复杂"而未被录取。回家后，我作诗以嘲："家住银屏云水间，孙山落后事农田。耕闲独醉诗书画，半是村夫半是仙。"这首诗后来被我选入《松韵堂诗词赋自选集》。

改革开放初期，我曾两次离家闯荡，其中一次时长整三年。一路跌跌撞撞，仅以诗画为凭仗——画助我解决生计，诗助我缓解压力。我有时就想：假如我不会写诗，我恐怕活不到今天；假如我不会画画，同样也不可能想到以写诗来抚慰自己。有诗有画似乎是命运的安排，缺一不可。嗟叹之余，也倒有几分庆幸。

画为诗打工，诗为画造境，诗画成了我生活中不可缺失的精神支柱。为此我顽强地活着，以拼搏为形式，勇作追梦者。我痛苦地知道，因为差距太大，我可能终究无法抵达彼岸，一如遥远的启明星与长庚星晨昏难逢，可脚步总在不自觉地丈量这不着边际的梦境。也因此，从早年蹒跚起步到耆年茕茕白首，我尝尽人生的坎坷与不幸。

如今反思，忽然憬悟：生活坎坷，人生不幸，不正锻造了我诗与画的强劲筋骨和清雅品格吗？那夜罕见的暴风雪，那年突发的洪水……是凶是吉都不重要了。重要的是，"诗骨"已撑起我的脊梁，"画品"已把我导入高远境界。历经磨难又浴火重生，生生不息，一路走来唯存感恩之心。"路漫漫其修远兮，吾将上下而求索"——从青年到壮年，为了艺术我流浪不止，羁旅天涯，一转眼耆年将至，遂溅泪作长歌八首以哭之颂之。在诗的结尾处，我写道："壮我兮苍茫四海隔苍茫，伤我兮逍遥夜夜念故乡。念故乡，秋风凉。一棹残阳又启航。"

（二）

　　这本《松韵堂诗词》是继拙《松韵堂诗词赋自选集》（作家出版社 2017 年版）问世后的第二本诗词集。《自选集》除收集了一些七绝旧作外，大多数都是七律。那几年我学习七律最为热情，日有所思，夜有所梦，写得如醉如痴。其中不乏初学时的拙劣斧凿痕迹，现在看来留有许多遗憾。而这本《松韵堂诗词》也并非十分满意，毕竟成熟也需要时间的历练、心得的积累。在不断地自我打量和完善中，我只是在努力做到最好就是了。

　　我常常思量，诗词到底是什么？

　　她应该是屈子所怀的香草美人吧——倩影曼妙，在诗人蹙眉轻吟的低回与如梦的幻觉里时隐时现，却总也走不近。

　　抑或是东坡的雪泥鸿爪，曹子建的惊鸿一瞥，李太白的"白发三千丈"，杜子美的"百年多病独登台"；又抑或是"今宵酒醒何处，杨柳岸晓风残月""我见青山多妩媚，料青山见我亦如是"……一句话，诗词如思如念，无时无刻不在，苦旅同行，风雨同舟，与万物呼应，与亲朋共患难，与家国同命运。

　　诗人每每多情，敏感、狂热均异于他人，与世俗格格不入，常为勃郁不平之事拍案而起，甚至往往有走极端的"疯癫"症状。依我看，这在诗人很正常，只有本性、本真方能打开诗的源头。

　　诗人笔下情有所依，思有所寄，无非四时别绪、花开花落：既是对客观物象的观察，也是主观意象的晕化与兼容；既是循规则而不缚，也是壮飞思于浩然；既是超凡语言的纵横捭阖与无远弗届，也是神奇韵味的历久弥新与虚实相生。

"一切景语皆情语也"——我往往会以一位画家对颜色的敏感观览朝夕与四时，为笔下的诗词赋丽质，增清骨。对一个诗人而言，情绪不够"稳"才是常态，或许颜色就是诱因。她不仅赋予语言以勃勃生机和瑰丽色调，也能以物托志，实现不尽的微妙变化与视觉传达：或氤氲气，或朦胧感，或远近聚散，或苍茫浮沉，色泽冷暖交织，总要有助于迁想妙得；车站码头，春花秋月，夕阳西下，风晴雨雪，无不暗合一腔热血而可供自怜自艾。诚所谓牵一丝神灵之辉朗照万物，怀无极八荒造相外之境，延伸无垠疆域任自由驰骋、摛云播藻。

作诗填词最不可取者莫过于凭空捏造，是以用"作""填"之类来搞集字凑韵游戏——每每感无所据，发无所凭，便自然了无意趣了。

万物固"有"而不固"无"，"有"或可易得，"无"不可轻致，是诗心深奥与浅薄的鸿沟。平庸者浮光掠影以俗韵媚人欺己，但凡眼光所及之处必柴垛陈词滥调。

诗力过人者灵犀与心相契，思深意邈，非俗眼所能蠡测，每能自营高境，造语惊人，"无"中生"有"，惟"无"不举——"无"乃戛戛独造。

观万物纷纭繁复，方生出芸芸意象以充灵台——非词心不至，非诗胆不容，故大千气象耿耿然，尽以一怀明丽而赋诗才。妙句迭出，便生顿挫沉郁之质，有肉，有骨，有灵魂，有气度，乃"诗有别材"之谓。

思考重于读书，读而不"思"，如入宝山空手而回；博识重于游历，游而未识，知穷生妄，"兴"无启点，妙难迁得，句失勃郁不平而庸俗无味。

文章缜密，重在逻辑思维，穷述方可入理。诗词创作则反之，情性感发，信口横笛，以情驭景，以意立格，以性壮势，以言新辞迥而超然物外，树标识之独帜。多年来，这也正是我创作诗画依循的方法和宗旨，所谓至臻之境、不二法门。

情怀有深浅之别，兴味有大小之分，遣词造句，曲直玲珑，奇妙之方岂能强求？若小情作长调，有冗长辐辏之虞；若大怀作小令，有溢满堰塞之窘。斟酌宏词微句，未必字字珠玑，寻常中有不寻常之见，句句相扣，一气贯通而形迹天然，最为可贵。

好奇与天真是诗人不可或缺的重要品质。人与万物相融，而万物皆有灵性，澄怀味象，必有所得。机趣缘合，兴至诗成。故耳闻目睹，有感生发，去雕饰存天真，有如读《古诗十九首》，句句真情流露，意味深长。

好恶或爱憎最能揆量一个诗人良知的水位。甚至偏激到趋于"病态"，言辞苛以刻深。洵非假仁虚义受教于某学某门以蛊惑媚上，而是大无畏以怒发冲冠之状，置生死于度外，一泄心中块垒，铿锵有力，掷地有声。屈原、嵇康、杜甫、苏轼、青藤和鲁迅等皆足具此气质。君不见，三代两汉、魏晋南北朝、唐宋元明清，代有名句如高山坠石，大义凛然者更曾血溅残阳而名垂青史。

悲欢离合与情仇爱恨在生死轮回间重复演绎，源源不绝，为词人永恒之主题，用之不竭，妙趣可逮，令其乐此不疲。然芸芸之中昂然树立者屈指又有几人？唐宋以降，词数李后主为翘楚，稼轩、苏轼、三变、易安之流亦各曾高屋建瓴，雄视千古。唯其能察之以微，痛之以切，言之成理，情之能深，哀怨婉委，兼以禀赋过人也。

好的诗词字句沉稳如山，修辞付丽藻而不失其诚，能做到生而不涩，诵无碍口，沉郁顿挫，意境回深，通篇生气流贯。纵观古今佳构名句如繁星闪耀，然其中亦不乏仅只局部生辉者，或以一二诗眼点缀全篇，余皆黯然失色，令读者备尝遗憾。

许多诗人活在当下，却满脑子头巾气，下笔尽皆陈词滥调——写"愁"愁不沉，写"情"情不深，写"恨"恨不切，写"气"气不雄。即使小发慨叹，亦了无新意，无非东施效颦，自曝谫陋。故难避句平、意浅、韵薄，慵庸趋俗，骨气全无，是谓之下品。

放眼诗坛，以诗人自居者何止万千！如同画几笔皆称画家，写几笔都叫书家一样，凡能诌几句均自命诗人，真是咄咄怪事。我敢肯定地说，他们至少绝不是艺术家。真正能称得上"巨匠""泰斗"的大诗人顶多在万分之零点一，还有万分之零点二三者则最多为名家而已。不是标准严苛，而是诗品人性所决定的社会生态使然：有眼看不见，有耳塞其听，有泪闲抛洒，无是非之心，诗根无着处，何来开花结果。读古人诗爱恨不能并世，为古人嗟叹，仿古人哀乐，沉湎于古人而又食古不化，注定算不得真诗人。

　　中国历代最重要的诗人都不乏担当和责任感，现实生活中无不勇于为时代做证，捕捉人所不敢言而言之、人所不敢怒而怒之，不思后果，不计生死，至性至情——上到庙堂之兴亡，下到巷陌之喜忧，纳胸怀赋长啸，感天地泣鬼神，魂魄俱恸，乐也至极，忧也至极，淋漓酣畅，不负平生。

　　诗并不排斥小巧玲珑或小趣小味，但作为诗人，却万万不可安于小情调以自足自得，或囿于时势束缚而失去自我，畏葸不前。好的诗人必具大胸怀、大境界，视域广阔，感万物以蕴腹笥，牵宏观而怀天下；无论婉约，无论豪放，都能以饱满的感情和一份正直无私，一发而成江海，浩浩荡荡。

　　诗心不诚，意境虚生；此心匪石，诗基乃成。平凡处机锋可逮，俚巷间幽趣可契。但能贴近生活，俗中求雅，细心观察，留意兼收，诗材是处可得。

　　平生喜浏览古今好诗词，但不肯背诵，遇到警句妙辞也不刻意过心，只求扩大见识，启发思维。唯因如此，当自己兴之所至作诗时，就不会自觉不自觉地与古今名句撞车，亦不会趋步前人，陷入因袭窠臼。也就不难做到立意迥别，造句新颖，灵动复杂。而能纵览古今，另辟蹊径，通千家情愫，发一己心声，是为诗人殊异之品质，难能可贵也。

　　所谓风格，窃以为无可速求，亦不必力求。呈一世之笔力，何风何格但凭后人品评可也。树为上者，诚以品列；然好与坏、雅与俗期期可以立判。诗心不雅，何来高格；词意非曲，悱恻难寻。精练锤成，数十年习之，自有天酬。

  诗之能引人注目，不在语言怪诞或晦涩古奥，在乎言简而意尽，曲深却蕴涵不测。灵光一闪，瞬间遣兴，得意者妙句迭出，必敏于万事万物，意象繁生，情性俱竟，遂操汉字如探囊取物，栩栩如生，活灵活现：辞藻如列队，佳丽争选，随兴可得；满脑子错综有序，按义归就，自然组合。

  为防拘泥于一家一派，我向来偏爱读杂书、杂读书，写杂诗、杂写诗。所谓行无定举，神无依傍，但尽情怀，以图一快耳。

2022年12月8日于北京松韵堂

跋《松韵堂诗词》

王一舸

　　松韵堂周公逢俊，丹青与诗词皆先达名家。余曾与公历涉五洋，凡欧亚美非其同览。公无时不含咀词句，推敲韵声，或冥思于重霄之上，或得句于胜景之前，与极光而同证，共砂风以默识。自诗中而得画，画底而出诗。斯齐功之交擅，诚续古以开新。更谈笑鸿儒，品藻清讴，公乃引杯豪迈，若神仙中人。

　　而观公之诗词也深也。盖风月之外，尚有沧桑；吟咏兼饶者，解嘲尔。盖公所历多矣，困达穷通皆过眼而身莅。公有《藜藿吟》，盖由野菜之事忆及饥荒，中有句云"赴死阎前挣饿鬼，煎生狱下活骷髅。山皮啃尽无余食，百里空村落叶秋"。字字血泪，神通于工部"吏""别"也。复有《苏幕遮》云"梦难回，追旧忆。点点繁星，都是思乡泪。岁岁今宵尊上位，满席佳肴，岂是当年味"。岂区区于解嘲，乃复深情而伤逝也。非前不足以知后，非经历不足以知性情也。

　　至于山水之诗有寄情焉，壮游之作尤沉郁，读者亦当细味之。而响辞佳句葳蕤焉。观之可惊目，味之足以沉醉。公之笔墨亦着于此，深沉峻秀，郁然沛然。所谓"纸上留痕空自惜，追思万绪几悲生"也。人见诗词丹青，或以为古贤人所作，见其人，则朴然有春秋侠豪之气。盖公交结以诚，举事尚义，不平则直言，喜怒皆可付诗稿也。公之雅集，如所作《六州歌头》云"坐上传花击节，依然是，烈性情真"。春夜读之，恍然如在目前。是以诗画人之所合，足称"丹青路渺开疆界，尚武涯回破海滨"是也。

余与公为忘年知己，共喜诗词，叙谈抵掌，归看击节。故乃有幸为斯集作跋。薄文撮举，不足明其华泽。实愿阅者亲得之。

癸卯正月廿六（2023.2.16）

（作者为诗人、剧作家）